KB117401

메타버스의 유령

메타버스의 유령

지은이 곽재식, 김상균, 박서련, 표국청
펴낸이 임상진
펴낸곳 (주)넥서스

초판1쇄 발행 2023년 8월 15일
초판2쇄 발행 2023년 8월 20일

출판신고 1992년 4월 3일 제311-2002-2호
10880 경기도 파주시 지목로 5
Tel (02)330-5500 Fax (02)330-5555

ISBN 979-11-6683-618-3   03810

www.nexusbook.com

&(앤드)는 (주)넥서스의 문학 브랜드입니다.

앤드
앤솔러지

메타버스의 유령

곽재식
김상균
박서련
표국청

차
례

메타 갑 · 곽재식　　7

시시포스와 포르 · 김상균　　65

엑소더스 · 박서련　　131

목소리와 캐치볼 · 표국청　　195

메타 갑

곽재식

김 박사는 왜 살인을 결심하게 되었을까? 그 이야기의 맨 처음 시작은 한 통의 전화로부터 비롯되었다.

차세대그래픽진흥원에서 온 전화를 받고 김 박사는 이거다 하고 생각했다. 진흥원의 박 부장 목소리가 처음 들어 보는 애절한 목소리였기 때문이다.

"김 박사님, 이게 메타버스 프로젝트라고는 하지만 그렇게 뭐 대단한 걸 만들어야 하는 것은 아니에요. 어떻게 보면 간단한 거라고요. 그냥 메타버스로 이렇게도 할 수 있다는 것을, 그러니까 그 가능성만을 보여 주면 되는 프로젝트거든요. 사실 이거는 프로젝트라고 할 수도 없죠. 그냥 데모 쇼? 프로토타이핑? 그 정도의 의미가 있는 것뿐이에요."

김 박사는 박 부장이 이런 태도로 연락해 온 것이 일단 너무 신기했다. 항상 박 부장이 뭘 시키면 김 박사는 따르고, 박 부장의 조직이 뭘 하면 김 부장은 떠받드는 것이 물이 위에서 아래로 흐르는 것 같은 흐름 아니었던가. 그런데 박 부장이 이런 태도로 연락을 해 오다니. 말을 듣고 있으니 곧 웃음이 나왔다.

김 박사는 흐뭇하게 웃고 있다가 짐짓 진지한 목소리를 내면서 물었다.

"박 부장님, 그런데 이게 그래서 얼마짜리 프로젝트라는 거죠?"

"얼마짜리 프로젝트가 아니고요. 프로젝트라고 할 수도 없다는 거라니까요. 그냥 간단하게 이런 게 메타버스에서 할 수 있는 일이다, 라는 걸 보여 주기만 하면 돼요. 정말 별거 아니고요. 김 박사님 회사 같으면 그냥 한 5분, 10분 잠깐 신경만 쓰시면 쉽게 하실 수 있는 일이에요. 접속하면 컴퓨터 게임의 무대 같은 그런 공간이 있는데 거기에 은행이 있고, 거기에 ATM이 있어서 거기서 돈을 송금하는 기능을 실행할 수 있다는 것만 보여 주면 되거든요. 이게 그러니까 그냥 컴퓨터 게임 속 세상 같은 그 모습만 보여 주면 되는 게 핵심이에요. 그 모습만 보여 주면 된다고요. 그런 껍데기가 있다는 것만 보여 주는 게 다예요. 정말 아무것도 아니라니까요. 그래서 따로 프로젝트 예산은 없는 거고요."

"잠깐만요, 박 부장님. 그러니까 예산도 없이 그냥 메타버스 프로젝트를 저희에게 해 달라고 말씀하시는 겁니까?"

"그러니까 제가 이렇게 특별히 김 박사님께 부탁하는 거 아닙니까. 김 박사님한테 아니면 이런 급한 일 생겼을 때 누구한테 이런 거 부탁하겠습니까? 저희가 다음 달에 과학산업부 장관님 방문 행사 앞두고, 저희 진흥원에서 이런 거 저런 거 보여 주는 전시회를 해야 하는데, 큰 행사예요. '차세대 그래픽 엑스포'라고 이름 붙였고 저희 원장님, 부원장님도 정말 관심 많으시거든요. 특히 과학산업부 쪽 사람들이랑 부원장님이 정말정말 열성적으로 준비하고 계셔서 저희가 엄청 압력 받고 있습니다. 이거 구색을 맞추는 게 중요하거든요. 그래서 저희도 '메타버스의 실용화'라는 꼭지를 하나 마련해 둘 필요가 있어요. 그래야 장관님께서 얼마 전에 발표하신 차세대 기술 로드맵하고 그림이 맞습니다. 그래서 메타버스에 관한 프로그램이 안 들어가면 안 되는 상황이예요."

김 박사는 진흥원에서 무엇인가 일이 꼬였다는 사실을 알 수 있었다. 장관 행사에서 이런저런 진흥원에서 하는 일을 보여 주기로 했는데, 중간에서 뭔가가 잘못되어서 꼭 들어가야만 하는 메타버스에 관한 전시물이 하나 빠진 것이다. 누군가 별 중요하지 않은 행사라고 해서 대충 처리했는데, 갑자기 나중에 높은 분들이 관심을 가지게 되신 것 아닐까? 어찌 되었든 그 비슷한 이유로 예산도 편성 안 해 놓은 것을 지금부터 22일 만에 급하게 하나 만들어서 끼워 넣어야 하는 거겠지. 김 박사는 허둥대고 고생하는 박 부장과 진흥원 사람들을 생각하니 자꾸 얼굴에 웃음이 떠오르는 것을 참기 어려웠다.

그러나 김 박사는 우울한 목소리를 흉내 내기로 했다. 그리고 이렇게 말했다.

"박 부장님, 그런데 저희가 메타버스 전문 회사도 아니고, 그냥 4차원 그래픽 엔진 회사이지 않습니까? 그래서 저희가 메타버스 관련해서 특별히 잘할 수 있는 역량을 갖춘 상황은 아닌데요. 저희가 어떻게 이런 일을 해낼 수 있을까요. 난감한데요. 더군다나 저희가 그냥 공짜로 비용 받지 않고 일을 한다면 아무래도 어려움이 있을 거 같고요."

"아이고, 김 박사님. 제발 그런 말씀 마세요. 이렇게 제가 도와 달라고 빌고 있잖아요. 게임 같은 그래픽 뭐든 쉽게 뚝딱 잘 만들어 주시는 곳으로 김 박사님 회사가 최고잖아요.

정말 별거 아니에요. 그냥 은행 건물 같은 모양이 컴퓨터 화면에 나오고. 그 은행에 우리가 조종하는 사람이 들어갈 수 있고, 은행에 들어가 보면 ATM 기계가 있는데, 그 기계를 누르면 그냥 통상 인터넷 뱅킹 하는 프로그램으로 바로 연결되어서 은행 송금을 할 수 있게 해 주면 되는 거예요."

그러고 나서도 박 부장은 구구한 말로 김 박사에게 계속 사정했다. 김 박사는 "힘들 것 같은데요." "어려울 수 있거든요."라고 부정적인 말을 늘어놓았다. 그렇지만 "저희가 여력이 있을지 내부 회의를 해 보고 연락 드리겠습니다."라고 말하며 전화 통화를 마친 후에는 기뻐서 소리 내어 웃었다.

그날 오후 회의에서 김 박사는 이 이야기를 사람들에게 꺼냈다.

"원래는 메타버스 예산을 빼놓고 일을 진행하다가 이제 와서 급하게 부랴부랴 예산도 없이 뭔가 보여 줘야 하는 그런 상태인 것 같습니다. 마땅히 지금 와서 부탁할 데가 없으니까 우리 쪽에 신세 좀 지겠다고 하는 것 같고요."

설명을 다 들은 조 상무는 덩달아 즐거워했다.

"다행이네. 우리가 진흥원에 잘 보이려고 엄청 애썼는데, 이런 일 한번 도와주고 제대로 끈끈한 관계 형성하면 이 바닥에서 우리 회사가 바로 최강자 되는 거 아니에요?"

"그렇죠. 사실 우리같이 그래픽 기술 연구하는 회사들 사이에 차세대그래픽진흥원이 생겨서 국가 지원 사업이 크게 생기는 바람에 우리가 얼마나 고생을 많이 했습니까?"

김 박사는 힘들었던 과거가 머릿속에 흘러가는 그림처럼 떠오르는 기분이 들었다. 김 박사의 말을 듣고 잘 이해가 가지 않는다는 듯이 신입 직원인 오 박사가 물었다.

"김 박사님, 약간 이해가 안 가서 그러는데요. 국가 지원 사업이 크게 생겼는데 왜 고생을 많이 합니까? 지원 사업이 생기면 정부가 회사들을 많이 도와줄 거니까 오히려 고생을 안 하고 회사 돌아가는 게 쉬워져야 하는 것 아닌가요?"

순박한 오 박사의 커다란 눈을 보면서, 회의실 안의 직원들은 모두 한마음이 되어 유쾌하게 웃었다.

하하하.

으하하하하.

우하하하하하.

이런 순진한 친구. 정부 지원 사업이 생긴다고 고생을 안 하게 된다니? 사람 좋은 오 박사는 다들 웃자 자기도 모르고 따라 웃고 있었다. 그 착한 사람을 김 박사는 쳐다보았다. 나도 저럴 때가 있었을까. 그런 생각을 잠깐 했다. 그리고 상황을 설명해 주었다.

"오 박사, 우리가 최신형 컴퓨터 그래픽 기술을 개발하는 회사인 것은 알죠?"

"당연히 알지요. 우리 회사가 4차원 그래픽 엔진 기술에서는 최고 아닙니까?"

"그렇지. 그런데 우리 회사 말고도 이 바닥에서 비슷한 일을 하는 회사가 두 군데 정도 경쟁을 하는 곳이 있다고요. YS엔지니어링이라든가, 그런 회사들. 그중에서도 원래부터 우리가 제일 나은 편이었거든. 그런데 얼마 전에 정부에서 4차원 그래픽 엔진 기술이 중요한 사업이라고 해 가지고, 엄청나게 큰 지원 사업을 만들었어요. 그러고 나니까, 그걸 보는 회사들 입장에서는 어떻겠어요? 이 정부 지원 사업만 잘 따내면, 그걸로 엄청 큰돈을 벌 수 있는 거야. 아직 4차원 그래픽 엔진 기술은 신기술 사업이니까 그렇게 당장 돈이 되지 않거든. 그런데 이런 상황에서 정부 지원 사업으로 큰돈을 벌 수 있다? 그걸 잘 따내느냐 마느냐가 회사들 사이의 운명을 가른다고."

"그럴 수 있겠네요."

"그럴 수밖에 없지. 이 사업 잘되어서 회사에 돈이 많이 들어오면 그걸로 그냥 다른 회사들 다 이기고 경쟁에서 승리하는 거지. 자, 그런데, 지원 사업을 운영하는 공무원들이나 차세대그래픽진흥원 높은 분들이 딱히 무슨 컴퓨터 그래픽을 직접 쓰는 사람들은 아니잖아요? 지원 사업을 담당하는 공무원들이 영화 CG 만드는 일을 하는 것도 아니고, 차세대그래픽진흥원의 부장들이 컴퓨터 게임 개발하는 사람들도 아니잖아요. 그러니까, 어차피 뭔 말인지 잘 이해도 안 가는 4차원 그래픽 엔진 기술이 어느 회사가 좀 좋으냐, 나쁘냐, 이런 건 그 사람들에게 큰 의미가 없다고. 사실 정확히 따져 보면 우리 회사가 조금 낫다고는 해도 우리나 YS엔지니어링이나 그렇게 기술 차이가 엄청 크게 나지도 않고. 그런데, YS엔지니어링 이놈들이 뭘 잘했는지 알아요? 차세대그래픽진흥원 높은 사람들 마음 맞춰 주는 일은 우리보다 훨씬 더 엄청 잘했다고."

김 박사가 거기까지 설명했을 때, 조 상무가 잠깐 끼어들었다.

"YS엔지니어링에서 원래 장관실에서 근무하던 최 변호사라는 사람을 데려와서 이사로 올려 줬거든. 그쪽 사람들이 뭘 좋아하고 어떻게 일하는지, 최 변호사가 환하게 알지. 최 변호사, 그 사람이랑 직접 친분이 있는 진흥원 사람들도 꽤 많고."

김 박사가 이어서 설명했다.

"그러니까, 기술을 조금 더 개발한다, 고객에게 더 영업을 잘한다, 그런 건 별로 크게 중요한 게 아닌 게 되어 버렸다고. 어차피 차세대그래픽진흥원에서 끌고 나가는 국가 지원 사업에서 지원을 한번 크게 받으면 큰돈을 받아 올 수 있어서 게임 끝나거든. 지금 단계에서 제품이 좀 더 좋다, 고객이 하나 더 많다, 이런 건 완전 무의미해져 버릴 정도니까. 국가에서 크게 지원을 해 주고 그걸로 더 성과가 좋아야 좋은 그림이 나올 거 아니에요? 그러면 계속 지원 사업을 딴 회사를 진흥원이 이끌어 주겠지. 그러니까 진흥원에서 주관하는 그 지원 사업만 따내면 두고두고 다른 회사들 다 무너뜨릴 수 있고."

"그렇군요."

"그렇지. 그래서 우리가 그때부터 뭘로 경쟁했겠어요? 전 직원이 다 뛰어들어서 그 차세대그래픽진흥원이라는 데서 일하는 공공기관 직원들, 공무원들에게 어떻게 하면 잘 맞춰 줄 수 있을까, 어떻게 하면 잘 보일까, 그것만 궁리했지. 그걸로 정말 다른 회사 사람들이랑 피 말리게 싸웠다고요."

조 상무가 설명을 거들었다.

"우리 회사에는 최 변호사 같은 사람이 없으니까 아무래도 우리가 밀리잖아. 그래서 우리가 정말 고생 많이 했지.

왜, 계약 관계에서 값 치르는 사람이 갑이고 물건 파는 사람이 을이라고 하잖아요? 진흥원이 제일 큰 돈줄이니까 진흥원 직원이면 완전히 슈퍼 갑인 거야. 그래서 이 바닥 사람들이 진흥원의 가장 말단 직원들까지 무지하게 받들어 모셨어요. 이야…… 김 박사, 우리 그때 이스트호텔에서 업계 세미나 행사하고 밥 먹으러 가려는데 억수같이 비 왔을 때 기억나?"

"기억나죠. 호텔 로비 입구에서 옆 건물 식사 장소까지 가는데 비가 오는 거야. 그때, YS엔지니어링 놈들이 '우리 진흥원 박 부장님 비 맞으면 안 된다'고 하면서 갑자기 자기 외투를 벗어서 그걸 머리에 덮어쓰고 가라고 주고. 진흥원 사람들은 허허허 웃고. 야, 진짜 막말로 무슨 비 좀 맞으면 죽냐? 그게 무슨 우주에서 내려오는 저주받은 죽음의 비냐고? 그걸 가지고 비 맞으면 안 된다고 그 나이 든 아저씨, 아주머니들이 그 호들갑을 떨고, 아이고, 진짜."

조 상무는 아직도 그날 머리에 꽂히던 빗방울의 느낌이 생생하다는 표정이었다. 조 상무는 김 박사의 두 눈을 응시했다.

"그런데, 김 박사 이 사람이 정말 대단한 게, 그때 바로 눈치를 채고 오토바이 타고 호텔 바깥에 있는 편의점에 가서 우산을 10개인가 싹쓸이로 사 와서 씌워 줬지. 야, 진짜 김 박사 대단했어. 그때 그것 때문에 사실 우리 회사가 진흥원 사업에서 안 미끄러져서 이렇게 여기까지 온 거라고. 대단했어, 정말."

"에이, 뭘요. 그때 상무님이 고생하셨죠. 제가 우산 구해 오는 동안 기념 촬영하자고 자연스럽게 시간 끌어 주셨잖아요. 그것 때문에 제가 우산을 구해 와서 딱 시간 맞춰 갖다 바칠 수 있었죠."

설명을 듣고 있던 오 박사는 멍한 표정으로 변해 있었다. 우리 회사에서 제일 중요한 역량이란 저런 것인가 싶어 고민을 하는 표정이었다.

김 박사가 말했다.

"저희가 항상 진흥원에서 돈을 받아야 하는 입장이라 엄청 고생 많이 하지 않았습니까? 그런데 드디어 이번에는 진흥원에서 이렇게 급한 일이 생겨서 저희에게 반대로 도움을 청하고 우리가 베풀어야 하는 입장이 되었습니다. 입장이 뒤집힌 거죠. 진흥원에서 우리에게 제발 이것만 해 달라고 애걸복걸 안달복달하는 상황이 되었어요."

"아, 짜릿하지. 이 건에서는 진흥원이 우리에게 도움을 구하는 을이고 우리가 도움을 베풀어 주는 갑이 되었다니까.

완전 갑을 역전 아니에요?"

조 상무는 즐겁게 웃었다. "이런 기회가 쉽게 오는 게 아니야. 쉽게 처리되는 일이라도 엄청 어려운 일인 척하면서 생색 많이 내면서 도와주라고." 그런 말도 곁들였다.

회의가 거의 끝나 가려는데, 회의실 구석에서 조용히 이야기를 듣고 있던 안 과장이 그만의 그 독특한 낮은 목소리로 입을 열었다.

"약간 예감이 불길하기도 한데요. 그냥 저희가 다른 개발 사업 때문에 굉장히 업무가 많은데 여력이 없다는 식으로 거절하고 피하면 어떨까요? 원래 너무 갑의 위치에서 오래 일을 해 온 사람은 자기 입장이 완전히 뒤바뀌어 있어도 그걸 모르고 계속해서 갑처럼 일하려고 하는 때가 있거든요. 그러면 일이 뒤틀리면서 피곤해지기 쉽습니다."

그러나 회의는 파장 분위기였다. 김 박사는 "이번 일은 별것 아닌 간단한 일이라 뭐 잘못될 것도 없어요."라고 말하면서, 안 과장의 걱정을 지나쳤다.

그리고 김 박사는 불과 열흘이 지나지 않아 안 박사의 충고를 받아들이지 않은 것을 아주 깊게 후회하게 되었고, 마침내 살인까지 생각하게 되었다.

곽재식

이상한 예감을 처음 느낀 것은 부탁을 받은 다음 날 오후였다.

김 박사는 처음에 '드디어 진흥원의 갑이 되었다'는 즐거운 느낌에 들떠서 흥겹게 늦은 밤까지 일했다. 진흥원 박 부장 말이 어느 정도 맞는 면도 있었다. 김 박사가 개발에 참여한 4차원 그래픽 엔진 기술은 컴퓨터 그래픽 결과물을 빠르게 만들어 내기에 유용했다. 건물 하나 만들고, 그 건물에 사람이 조종하는 사람이 들어가서 프로그램을 작동시키는 것 정도는 쉽게 만들 수 있었다. 품질도 뛰어났다. 대단히 사실적으로 보였다.

"은행 건물의 모양을 만들고 거기 들어 가서 ATM을 쓰는 느낌만 주면 되는 거잖아? 어떻게 생긴 건물이면 좀 은행 건물 같을까? 좀 멋지고 거창하게 종로구에 있는 광통관 건물처럼 꾸며 볼까?"

김 박사는 하루하고 반나절에 걸쳐 열성적으로 작업을 한 끝에 은행 건물 모양을 만들었다.

그리고 이어서 사용자가 컴퓨터 프로그램에 접속하면 조종할 수 있는 인물을 만들었고, 그 인물을 움직여서 은행 건물로 들어 가고, 은행 건물 안에 보면 ATM이 있고, ATM을 건드리면 인터넷 뱅킹 프로그램으로 연결되도록 해 두었다.

그렇게 일을 하다 보니, 이튿날 일과 시간이 거의 다 지날 무렵이 되어 있었다. 이렇게 해 두면, 시연 행사에서 메타버스 속에 있는 은행에 가서 사람이 은행 업무도 볼 수 있다는 것을 보여 주기에는 충분할 것이다.

그런데 그때 한 통의 이메일이 왔다.

자료입니다.

그게 제목이었다. 언제 봐도 친숙한 세상의 갑들이 이메일을 보내는 방식이었다. 박 부장이 보낸 이메일. '자료입니다.' 그게 끝이다. 무슨 자료인지, 뭘 위해 필요한 것인지, 중요한 것인지 아닌지, 아무것도 알 수 없는 제목이다. 그게 무엇인지 알아내고 숙지하고 관리하는 것은 을이 어련히 알아서 해야 하는 의무니까.

이메일을 열어 보니, 무슨 건물 도면 같은 것이 한 장 들어 있었다. 그리고 "이대로 만들어 주시면 됩니다."라고 적혀 있었다. 자세히 보니, 건물이 진흥원 건물 근처에 입주해 있는 농협 건물의 모습인 것 같았다.

잠시 기다리자 박 부장이 김 박사에게 전화를 걸어 왔다.

"이메일 받으셨죠? 그 모양 그대로 건물을 만들어 주시고,

그 건물에 들어 가서 ATM을 작동시키면 딱 인터넷 뱅킹 프로그램이랑 연결되게. 그렇게만 해 주시면 됩니다."

"박 부장님, 그런데 건물 모양이 이 도면이랑 정확히 딱 일치해야 하는 겁니까?"

"완벽하게 일치할 필요는 없고요. 은행이라는 게 중요하니까요."

김 박사는 박 부장의 컴퓨터로 자신이 어젯밤과 오늘 하루 종일 만든 화려한 모습의 은행 건물 모습을 보내 주었다.

"이런 건물 모양이면 안 될까요?"

"아, 이건 곤란한데요. 너무 화려한 모습이지 않습니까? 저희 콘셉트가 우리 주변에서 볼 수 있는 걸, 메타버스의 가상 세계에서도 체험한다는 거 거든요. 그래서 메타버스에 나오는 것들은 다 저희 진흥원과 그 주위에서 쉽게 볼 수 있는 것들로 한 거예요. 그래서 은행도 저희 진흥원 옆에 있는 농협 은행으로 해 달라고 한 것이고요."

"그런데 박 부장님, 이게 실제로 사용할 프로그램이 아니고 그냥 이런 것도 할 거라는 것을 보여 주기 위한 시연 프로그램이지 않습니까? 그러니까 그런 게 크게 중요할까요? 더군다나 장관님 참석하는 전시회 행사에서 보여 줄 거라면, 장관님에게는 어차피 진흥원 주변의 농협 은행이라고 더 익숙해 보이지는 않을 것 같은데요."

"김 박사, 시연 프로그램이잖아요. 그렇기 때문에 겉으로 보이는 모양이 더 중요한 거죠. 그리고 이게 장관님 참석 행사에서 보여 주기 위한 것이기는 합니다만, 저희 진흥원 부원장님께서 특별히 관심이 많으시거든요. 저희 부원장님께서 '우리 주위에서 볼 수 있는 게 다 가상의 공간 메타버스에 있으면 훌륭하다'고 말씀도 하셨고요. 그래서 이거는 맞춰 주셔야 합니다. 벌써 어제 오늘 사이에 뭘 많이 만들어 놓은 건 아니죠? 혹시 뭐 만들어 놓은 게 있으면, 갈아엎고 다시 도면대로 해 주셔야 하는 수밖에 없어요."

갈아엎는다고? 김 박사는 화면에 보이는 번듯한 건물 모습을 보며 생각했다. 처음에 드는 감정은 자책이었다. 아니, 내가 이 일을 한두 해 해 본 것도 아닌데 왜 이렇게 일을 진행했을까. 귓가에는 전화기를 타고 하여튼 김 박사 회사에서 맡아 주기로 했으니 이제 한시름 놓았다는 박 부장의 평화로운 말투가 들려왔다.

"원래, 갈아엎는다는 게, 농사짓던 사람들이 농사를 포기하고 밭에 작물이 열려 있는데도 그냥 다 땅을 갈아 버린다는 데서 온 표현이잖아요? 그러고 보면 참 토속적인 데가 있어요. 첨단 컴퓨터 그래픽 메타버스의 세계에서도 이렇게 농사짓는 데 쓰던 갈아엎는다는 표현이 그대로 쓰이기도 하고. 참."

박 부장의 웃음소리를 들으며, 김 박사는 화면에 보이는 메타버스 속의 건물을 갈아엎었다.

박 부장이 보내 준 농협 건물의 도면은 상당히 이해하기 어려운 점이 많았다. 그래서 김 박사는 결국 오 박사에게 부탁해서 진흥원 근처의 농협에 가서 그 안팎 모습을 사진과 영상으로 찍어 와 달라고 부탁했다. 그리고 김 박사는 그 사진을 보면서 도면대로 농협 건물의 모습을 하나하나 만들어 나가기 시작했다.

건물을 만들다 보니, 좀 의아한 것이 있었다. 김 박사는 질문들을 메모해 두었다가 박 부장이 연락해 왔을 때 다시 물었다.

"건물 안에 들어가면 ATM만 있으면 되나요? 아니면 다른 것도 보여야 되나요?"

"당연히 자연스럽게 다른 것도 보여야 되죠. 그렇다고 뭐 대단히 어려운 뭘 해 주실 필요는 없고요. 그냥 대기하는 의자 있고, 은행원들 앉아 있는 공간이랑 책상 있고, 은행원들 앉아 있고. 그 사람들이 자연스럽게 이렇게 움직이면서 상호작용하는 그런 모습만 보이면 되거든요. 진짜 은행처럼."

"은행원들이 움직여야 된다고요?"

"그렇게 어려운 건 아니에요."

아니 어려운 게 아니라는 말을 왜 당신이 하고 있지? 김 박사는 그런 생각이 들었다. 박 부장은 말을 이어 나갔다.

"은행원들과 대화를 해야 한다거나 은행원들이 무슨 의미 있는 행동을 할 필요는 없어요. 우리가 실제로 들어 가서 어떤 의미 있는 행동을 하는 곳은 그냥 ATM까지 뿐이니까. 그렇지만 그래도 자연스러워 보이도록 은행 풍경이 보이기는 해야 한다는 거죠. 아시잖아요. 시연 프로젝트라는 거. 그리고 ATM을 작동시키면 인터넷 뱅킹 프로그램하고 연동만 되면 되는 거고."

그렇게 놓고 보니 일이 상당히 커지게 되었다.

김 박사는 은행원들이 앉은 자리의 모습도 그려서 넣어야 했고, 은행원들의 책상에 놓여 있는 연필, 볼펜, 지우개 같은 것들도 그려서 이리저리 배치해 두어야 했다. 그런 작업을 긴 시간 하고 있자니, 도대체 이게 뭐하는 일인가 하는 생각이 굳게 들었지만, 김 박사는 주문처럼 "이번에는 내가 갑이다." "이번에는 내가 갑이다."라고 중얼거렸다.

그래도 오 박사에게까지 도움을 요청해 며칠 다른 모든 일을 내팽개치고 일을 하다 보니 대충 작업을 마무리 지을 수 있었다. 생각해 보면 이 일은 돈 한 푼 안 생기는 일인데 그저 진흥원에 도움을 주기 위해 하는 일이라, 가능하면 빨리 끝내서 접어 두고, 본업에 충실하고자 하는 마음도 있었다.

김 박사는 완성된 프로그램을 진흥원 박 부장에게 보내고, 잠깐 차를 한잔 마시며 마음을 가라앉히려고 했다. 이제는 다시 자리로 돌아가서, 엔진 개발의 주 과제 검토하는 일을 해야지. 그렇게 결심했다.

그러나 돌아와서 잠깐 숨을 고르고 있으니 바로 박 부장에게서 다시 전화가 왔다.

"김 박사님, 보내 주신 것 봤는데요. 상당히 성의를 다하신 것은 알겠고, 나름대로 여러 가지로 노력하신 것도 알겠는데. 이게 이러면 좀 곤란한데요."

박 부장의 말투가 예사롭지 않았다. 김 박사는 긴장했다.

"아니, 원래 하기로 하신 일이 있으면 일에 책임감을 갖고 명확하게 끝내 주셔야 하는 것 아닌가요? 이런 식으로 일을 깔끔하게 쉽게 안 끝내고 엉성한 상태로 질질 끄시면, 결국 저희도 힘들고 제품 납품하신 업체 쪽에서도 힘들잖아요."

김 박사는 속으로 생각했다. '우리가 제품을 납품하는 입장이야?' 대신 김 박사는 최대한 공손한 말투로 물었다. 호랑이에게 붙잡힌 토끼가 목숨을 구걸하는 말투를 흉내 내 보기로 했다.

"어떤 문제 때문에 그러시지요?"

"아니, 어떤 문제가 아니라. 전반적으로 이게 모든 흐름이 깔끔하지가 않잖아요. 이게 저희가 무슨 대단한 어떤 특수 프로그램이 필요한 게 아닌 상황이거든요. 그냥 은행이 있다. 은행에 들어 가면 은행처럼 보인다. 그러면 거기에 있는 ATM을 작동시키면 인터넷 뱅킹 프로그램이랑 연동된다. 그게 전부지 않습니까? 어떻게 보면 엄청 간단한 일이라고요."

"네. 저희가 말씀하신 대로 나름대로 완성을 하기 위해서 이런저런 내용을 갖추어 놓았는데요."

"그런데, 이거 한번 보세요. 지금 화면 공유되시죠?"

그리고 박 부장은 김 박사에게 자신이 프로그램에 접속한 모습을 보여 주었다.

"이거 한번 보세요. 이게 은행 풍경이에요?"

박 부장은 메타버스 프로그램 속에서 ATM 앞에 선 사람이 은행 안쪽을 보는 모습을 보여 주었다.

엑스트라로 은행에 배치해 둔 사람들이 지나치게 빠른 걸음으로 움직이고 있었다. 그리고 은행원들도 열심히 일하는 것 같아 보이기는 했지만, 어째 은행원 같아 보이지는 않았다. 은행원이라기 보다는 대학생들이라든가, 아니면 어떤 기획사의 기획 팀 같은 조직의 사람들 같은 느낌이랄까, 하여튼 좀 다른 직종 사람들의 움직임인 것 같았다.

"이걸 우리가 장관님이나 부원장님께 보여 줄 수는 없는 수준이잖아요."

박 부장은 그렇게 투덜거리며 말을 하면서, 프로그램 속의 인물을 조종해서 은행 안쪽으로 들어서게 했다.

그러자, 은행에 와 있는 사람들이 묘하게도 인물 주변을 둘러 싸는 것 같은 행동을 자주 했다. 가끔 몇몇 사람은 주인공에게 자꾸 돌격해서 부딪히려고 했고, 어떤 사람은 주인공을 뚫고 지나가려는 움직임을 하기도 했다.

"이런 건 너무 부자연스럽지 않습니까? 그냥 은행 모습. 그거 딱 하나만 하면 되는데. 이 모습은 너무 이상하잖아요. 도무지 현실 같지가 않아요. 그게 안 되니까 그러는 거죠."

"부장님, 정말 죄송합니다. 그런데, 저희가 은행 중심부로 들어갈 필요는 없지 않습니까? 저희는 ATM만 작동시킬 거니까요."

"그렇기는 하죠. 그렇지만, 일단 이런 심각한 오류가 있는 프로그램으로는 시연을 할 수가 없잖아요."

김 박사는 이럴 바에야 애초에 은행 안쪽으로 들어 가는 문은 열리지 않게 하고, 문 자체도 내부가 보이지 않는 뿌연 유리로 처리할걸 그랬다고 생각했다. 그러면, 박 부장이 괜히 은행 안 풍경을 보고 이상하다고 지적할 리도 없을 것이고, 그 안에 들어 갔을 때 은행의 인물들이 이상한 행동을 한다고 불만을 품지도 않았을 텐데.

"그럼 그냥 안쪽으로 들어갈 수 없도록 설정할까요?" 김 박사는 지금이라도 정말 그렇게 물을까 싶었다. 그러나 김 박사는 박 부장의 원래 성격을 누구보다 잘 알고 있었다. 최근 몇 개월 동안 이 기술 회사의 모든 직원들이 다들 가장 성의 있게 했던 일이 진흥원 사람들 성격에 맞춰 주는 일이었기 때문이었다. 이제 와서 안쪽으로 못 들어가도록 문을 막아 버리겠다고 하면, 박 부장은 분명히 화를 벌컥 내며 "장난하냐?"라고 할 것이다. 김 박사는 이따위 일이라면 다 장난이라고 해도 되는 것 아닐까? 싶었지만 일을 그렇게 몰고 갈 수는 없었다.

"알겠습니다, 부장님. 제가 최대한 지적하신 문제 해결하고요. 바로 다시 말씀드리겠습니다."

"네, 김 박사님. 좀, 일 좀 잘 처리해 주세요. 저희가 믿고 일을 맡겼으면 그에 맞는 책임감은 가지셔야죠. 저희가 원하는 것은 딱 하나 거든요. 그냥 평범한 은행처럼 보이는 모습.

겉모습. 그거요."

김 박사는 전화를 끊고 나서 일단 심호흡을 좀 했다. 정신을 환기하기 위해 어디 한 바퀴 좀 걷다 올까 하는 생각도 했다. 그렇지만 그러기에는 시간이 좀 부족한 느낌이었다. 당장 일을 해치워야 했다.

박 부장의 요지는 은행원들과 은행에서 기다리는 사람들의 동작이 부자연스럽다는 이야기였다. 김 박사가 보기에도 오래 보고 있으면 부자연스러워 보이기도 했다. 자연스럽게 움직여야 했다.

그런데 도대체 자연스러운 은행원들의 행동이란 무엇인가? 어떤 것일까? 그냥 가만히 앉아 있기만 하면 되나? 그건 아닐 것이다. 세상에 자연스러운 은행원들의 행동이 어떤 것인가에 대해서 고민해 본 사람이 몇 명이나 있을까? 가만히 앉아 있다가 10초에서 20초에 한 번씩 손으로 무엇인가를 종이에 쓰는 듯한 행동을 하게 하면 적당히 자연스러워 보일까? 내 눈에는 그러면 얼추 이상하지는 않을 것 같은데. 박 부장 눈에도 그렇게 보일까? 김 박사는 오 박사에게 부탁해, 은행원들이 등장하는 영상들을 많이 구해 달라고 해서 그런 걸 한참 보기도 했다.

김 박사는 사흘 밤낮 온갖 방법으로 문제를 해결하려고

애썼다. 그러다가 겨우겨우, 컴퓨터 게임 회사와 같이 일하는 부서에서 지원을 받아서 사람들이 자연스럽게 움직이게 하는 모습을 보이게 하는 프로그램을 얻어 왔다. 컴퓨터 게임에는 상점이 있고 상점에 가서 무기나 약을 사는 장면이 많이 나온다. 이런 내용을 표현하기 위해 자연스럽게 상점 안의 사람들이 어떻게 움직여야 하는 지를 인공지능이 계산해서 조종하도록 해 놓은 기능이 만들어져 있었다. 의외로 그 프로그램 설치가 상당히 어려워서 고생하기는 했지만, 결국 김 박사는 은행원들이 그래도 은행원 비슷하게 보이고 사람이 가까이 가도 다들 크게 신경 쓰지 않고 그렇다고 막 통과해서 움직이지도 않는 자연스러운 동작을 하도록 했다.

김 박사는 겨우 완성한 수정 버전의 프로그램을 박 부장에게 보냈다.

이번에는 박 부장에게서 바로 전화가 걸려 오지 않았다. 몇 시간 별 연락이 없었다.

덕택에 김 박사는 이제는 모든 문제가 끝났다는 큰 착각을 잠시 동안 하기도 했다. 그렇지만 박 부장으로부터 연락이 없었던 것은 그때 하필 긴 시간 이어진 부원장과의 점심 식사가 있었기 때문일 뿐이었다. 김 박사가 만들어 보낸 메

곽재식

타버스 프로그램과는 아무 상관이 없었다.

　그날 일과 시간이 거의 다 끝날 즈음이 되었을 때, 박 부장에게 다시 전화가 걸려 왔다. 김 박사의 눈에는 전화에 나오는 박 부장의 이름과 번호가 조그마한 전화기 화면보다 훨씬 거대하게 온 세상을 다 덮어 버리며 다가오는 것처럼 보였다. 김 박사는 떨고 있었다.

　박 부장이 말했다.

　"김 박사님. 저도 이 일은 좀 쉽게 진행하려고 했는데, 이게 참 쉽게 진행되지가 않네요."

　이런 말에는 도대체 뭐라고 대답해야 하는가? 좋은 의견 있으신 분? 김 박사는 조문 온 사람 같은 목소리를 내기로 했다.

　"네, 부장님. 죄송합니다."

　"이게, 겉껍데기만 되어 있지 중요한 핵심 기능이 하나도 안 되어 있어요. 이거 아주 치명적인 문제인데요? 이렇게 해서 이걸 어떻게 쓰지요?"

　"그게 무슨 말씀이십니까?"

　"무슨 말인지 몰라요?"

　아니, 이 마당에 무슨 말장난이지? 내가 무슨 말인지 이미

다 알고 있는데, 당신이랑 무슨 수수께끼 놀이 하고 싶어서 무슨 말인지 물었다고 생각하쇼?

"네, 죄송합니다. 프로그램에서 어떤 부분을 말씀하시는지를 제가 잘 파악을 하지 못하겠어서요."

"아니, 핵심 부분. 핵심이요. 딱 한 가지 정확하게 해야 하는 거."

"그게 뭘까요?"

박 부장의 한숨 소리가 들려왔다.

"김 박사님, 이 프로젝트를 우리가 왜 하는 것 같으세요?"

도대체 박 부장은 왜 이런 식으로 대화하는 것을 좋아하는 것인지 김 박사는 진심으로 궁금했다. 니가 한 번만 도와 달라고 빌어서 해 주는 거지. 다른 뭔 이유가 있는데? 라고 솔직하게 말하는 것을 듣고 싶어하는 것 같지는 않았다. 이미 그렇게 시작한 일이라는 것은 전혀 기억하지도 못하는 것 같아 보였으니까.

지금 박 부장의 마음속에는 자기 책임으로 진행해야 하는 일이 하나 있는데, 그 일을 해 주기로 한 외부의 기업 하나가 자기 마음에 맞게 일을 못 맞춰 준다는 분노만이 가득할 뿐이었다. 그렇다면 그냥 "워워, 화 좀 가라앉히시고요."라고 말해야 할까? 그것도 아닌데.

곽재식

"메타버스 세계의 가능성. 그 어떤 퍼텐셜을 저희가 데모해 주기 위해서 아닌가요?"

"김 박사님, 그건 반만 맞히신 거에요. 저희가 무슨 대단한 미래의 가능성과 엄청난 퍼텐셜을 보여 주기 위해서 이걸 하는 게 아닙니다. 그냥 메타버스의 핵심적인 기능. 그것 딱 한 가지만 보여 주면 되는 거거든요. 이게 뭡니까? 은행 아닙니까? 그러면 은행에서 할 수 있는 송금 기능 같은 게 되는 거. 그거 딱 하나만 잘되면 다른 건 다 필요 없거든요."

박 부장의 말은 이상했다. 송금을 할 수가 없다고? ATM을 작동시키면 인터넷 뱅킹 프로그램으로 연결되는 기능은 첫 번째 판부터 있었다. 그리고 매번 김 박사가 항상 확인하는 기능이었다. 분명히 잘될 텐데?

"부장님, ATM을 작동시키면 인터넷 뱅킹 프로그램이 작동되는데요. 아닙니까?"

"아니, 그냥 인터넷 뱅킹 프로그램이 따로 하나 열리는 것뿐이잖아요. 이렇게 그냥 프로그램이 연결되는 것 말고, 프로그램이 연동되어야죠. 이런 건 메타버스가 아니죠."

도대체 뭐가 메타버스인데? 뭐라고 설명하는지 한번 들어 보고 싶네.

"부장님 정말 죄송합니다. 저희가 컴퓨터 그래픽 업체다 보니까, 메타버스 쪽에는 사실 크게 많은 지식은 없거든요."

"아니, 그러면 도대체 애초에 이 프로젝트를 왜 한다고 하셨어요? 프로젝트를 한다고 들어오신 이상은 업체가 원래할 수 있는 일이든 없는 일이든 최대한 역량을 키워서라도하셔야죠."

김 박사는 전화기에다 대고 "니가 도와 달라고 했잖아!"라고 소리를 지르고 싶었다. 그러나 김 박사는 제정신이었기때문에 꾹 참고 이렇게 말했다.

"네, 맞는 말씀이십니다. 정말 죄송하고요. 그래서 어떻게처리되면 좋을지 여쭙는 겁니다."

"이걸, 하나하나 일일이 다 설명을 해 드려야 돼요? 그냥 가장 기본적인 은행 기능 그거 딱 하나만 되면 되는 거잖아요."

"네."

"메타버스가 뭐예요?"

답변을 바라고 던진 말은 아닌 것 같았다. 그래서 김 박사는 벌써는 초등학생처럼 아무 말 않고 있었다. 생각대로 박부장은 바로 말을 이었다.

"현실에서 할 수 있는 걸 가상의 공간에서도 할 수 있게 한다는 바로 그런 거잖아요. 우리가 ATM을 사용할 때 어떻게해요? ATM 기계에 가면 인터넷 뱅킹 프로그램이 실행되나요? 그게 아니잖아요. ATM 기계에 가면 은행 카드를 집어넣고 ATM에 있는 터치스크린을 눌러서 돈을 보내거나 찾잖아요. 그걸 할 수 있어야죠. 그걸 할 수 있어야, 메타버스에서 은행 일도 할 수 있다는 그 한마디를 할 수 있잖아요. 그 말 한마디. 그거 딱 한 가지를 하려는 건데, 그게 이렇게 안 되나요?"

김 박사는 하늘이 무너지는 것 같은 느낌을 받았다.

박 부장이 하는 말대로 프로그램이 실행되려면 사실상 인터넷 뱅킹 프로그램을 새로 하나 만들어야 했다. 최소한 인터넷 뱅킹 프로그램의 조작 부분은 하나 만들어 내라는 뜻이었다. 이런 프로그램을 갑자기 김 박사가 만들어 낼 수는 없었다. 김 박사는 컴퓨터 그래픽에 대해서는 경험이 많았지만 인터넷 뱅킹에 대해서는 거의 아무 지식이 없었다. 이건 할 수 없는 일이었다.

"그렇게는 도저히 할 수 없습니다. 죄송합니다."

심지어 모든 것을 감수하고 바로 그렇게 솔직하게 말하려고도 했다. 그러나 그 말이 입 밖으로 튀어나오지가 않았다. 그런 말을 잘못하면 모든 게 끝날지도 모른다는 두려움이 밀려왔다.

그래서 대신 이 정도로 말했다.

"그렇게 개발하는 것은 지금 시점에서 이제 전시회까지 시간이 며칠 남지도 않았는데 상당히 어려울 것 같다는 생각이 드는데요."

"김 박사님, 그럴 거면 애초에 프로젝트를 시작하시기 전에 역량이 안 되니까 못하겠다고 물러나셨어야죠. 이렇게 일을 다 벌려 놓고 이제 와서 못하겠다고 하시면 안 되죠."

"네, 죄송합니다. 저희가 할 수 있는 한 최선을 다해서 어떻게 처리할 수 있는지 한번 살펴보겠습니다."

"김 박사님, 평소에 저희 진흥원하고 관계가 나쁘지 않았잖아요. 그래서 저도 특별히 생각해서 이렇게 말씀드리는 거고요. 사실 솔직하게 말씀드리면 보내 주신 프로그램 동작하는 모습 보고 상당히 실망을 많이 했거든요. 저희가 장관님 참석 행사인 전시회를 준비하는 거다 보니까, 또 부원장님도 정말 매일같이 체크하시는 프로젝트다 보니까, 구색 맞춰서 갖추려고 한 거라서 어느 것 하나 안 중요한 게 없는데, 잘 살펴보면 메타버스가 중요한 한 축이거든요."

"네, 정말 죄송합니다. 제가 어떻게 하든 해결해 보겠습니다."

김 박사는 온몸이 숨을 쉴 수 없는 갑갑한 물체로 둘러쳐진 느낌을 받았다. 이 일을 어쩌지?

김 박사는 회의에서 이런 상황을 솔직하게 회사 사람들에게 털어놓았다.

"어차피 우리가 돈 받고 하는 일도 아니고, 무슨 계약서를 쓰고 하는 일도 아니잖아요. 들어 보면 우리가 해 줘야 하는 최소한의 일은 이미 해 준 것 같은데, 그냥 앞으로 뭘 더 해 달라고 하든 그냥 무시하고 넘어가 버리면 안 될까요? 어차피 그냥 전시회 때 보여 줄 시연 하나 더 준비하는 건데. 막상 그게 잘 작동하든 안 하든 별 상관도 안 할 것 같은데."

오 박사는 그렇게 말했다. 그러나 조 상무의 표정은 심각했다.

"아니요. 곤란해요. 그런 식으로 회피했다는 식의 느낌을 남기면, 우리 회사가 능력이 없고, 약속을 잘 못 지키는 회사, 일을 잘 못하는 회사로 진흥원 사람들에게 찍힐 거거든. 그렇게 되면 지금까지 우리가 진흥원에 잘 보이려고 별별 짓을 다해서 노력했던 게 무의미해지는 거라고. 결국 앞으로 진흥원 일을 못 따내면 이 바닥에서 우리는 못 살아남는 거고."

김 박사는 얼굴이 벌개진 모습이었다.

"정말 죄송합니다. 제가 일 처리를 똑바로 못 해서. 일이 이렇게 흘러갈 줄은 몰랐습니다."

침통한 시간이 아무 소리 없이 잠시 회의실을 채웠다.

그러나 조 상무가 조금은 쾌활한 목소리를 내며 회의를 마무리 지었다.

"아니야. 김 박사는 너무 자책하지 말고. 뭐, 우리가 진흥원 쪽하고 같이 일하다가 이 비슷하게 고민스러운 일을 한두 번 겪었나? 그때그때마다 힘을 합쳐서 다 해결해 왔잖아. 힘내고. 너무 심하게 스트레스 받지 말고. 스트레스 받아서 무너지면 그때 진짜 문제를 해결할 사람 자체가 없어지는 거라고. 나도 무슨 방법이 없을지 알아볼 테니까, 일단 오늘 회의는 여기까지 합시다."

김 박사는 이때 마땅한 해결 방법을 찾지 못해서 대단히 괴로워했다.

그러나 그렇다고 이 시점에서 김 박사가 살인을 결심한 것은 아니었다. 이때만 해도 김 박사는 문제가 좀 잘못되더라도 정 안 되면 그냥 회사를 그만두면 될 거라는 정도로 생각했다. 정신은 건강한 편이었고, 황당한 상상을 떠올리며 정신의 도피를 감행하지도 않았다.

물론 그의 생각도 상쾌한 것만은 아니었다. 김 박사가 조 상무와 둘만 있는 자리에서 김 박사가 조 상무에게 "회사를 그만두려는 생각도 하고 있다."라고 하자, 조 상무는 이렇게 말했다.

"김 박사 심정은 충분히 이해가 되는데, 이게 그렇게 쉬운 문제는 아니라고. 김 박사가 당장 그만두면, 김 박사 가족들은 뭘 먹고 살 거야? 본가나 처가에 생활비 좀 달라고 손 벌릴 거야?"

"뭐, 정 안 되면 아르바이트 같은 자리라도 알아보는 거죠."

"그리고 이 일이 제대로 안 풀리고 이렇게 끝나서 거기 부원장이 관심을 많이 갖고 있다는 그 전시회 행사에서 무슨 지적 사항 나오면, 우리 회사는 완전히 부적합 회사가 되는 거야. 그러면 진흥원 쪽 일을 우리는 못 따게 되는 거고, 그러면 결국 YS엔지니어링에 완전 밀려 버리잖아. 우리 회사도 망한다고. 이 회사에서 새로운 기술로 뭘 해 보겠다고 청춘을 바치고 인생을 건 사람들이 한둘이냐? 우리는 어쩌고? 나는 어떡해?"

"진짜 골치 아프네요. 죄송하기도 하고요."

"아니, 김 박사에게 무슨 책임을 지라는 것은 아니고, 책임질 수 있는 크기의 문제도 아니고. 이 문제가 부드럽게 안 풀리면 일이 굉장히 골치 아프게 돌아간다는 거지. 김 박사도 괜히 진흥원에서 문제 일으키고, 회사 망하게 한 사람이라는 식으로 나쁜 소문 붙게 될 텐데, 그러면 지금까지 인생을 걸고 연구해 온 김 박사 컴퓨터 그래픽 기술 일 계속하는 것에서도 이 바닥에서 쉽지 않게 될 거잖아. 그러면 너무 다들 인생이 아깝잖아."

"그런데, 정말 어떻게 해야 할지를 모르겠어요. 우리 회사가 무슨 인터넷 뱅킹 프로그램 만드는 회사도 아니잖아요?"

그 말을 들을 즈음 조 상무는 정신을 집중하는 듯, 두 눈을 잠시 감았다.

"이건 회사에서도 큰 문제이니까, 그만한 힘을 기울여서 해결해야 한다는 생각으로 한번 방법을 찾아볼게. 그렇게 안 되면 큰일이야."

그날 저녁 내내 여기저기에 전화를 돌리던 조 상무는 다음날 회사에 어떤 젊은이들 몇 명을 데리고 다시 나타났다. 그리고 조 상무는 그 사람들을 김 박사에게 소개해 주었다.

"내 후배가 투자한 핀테크 스타트업 회사의 대표하고 CTO예요. 이 사람들이 인터넷 뱅킹 프로그램이나 앱 만드는 것을 좀 알아요. 우리 회사가 전략적으로 이번에 투자해서 같이 일하기로 하고 사업을 벌여서 데려온 분들이니까, 일단 가장 급한 진흥원 메타버스 프로젝트 하는 쪽 일 마무리 짓는 데서 며칠 같이 일하기로 해요."

해맑은 컴퓨터 프로그래머들의 얼굴을 보자, 김 박사는 마치 왜군들에게 포위되어 있는데 멀리서 거북선 함대가 구

곽재식

해 주기 위해 몰려오는 광경을 보는 것 같다는 감정을 느꼈다. 무엇인가 뭉클하기도 했다.

김 박사는 조 상무에게 나중에 살짝 물어보았다.

"그 핀테크 스타트업 회사 사람들 동원하려면 돈도 많이 쓰셨을 텐데, 이거 괜찮습니까?"

"별로 괜찮지는 않은데, 뭐, 어떻게 하겠어. 그리고 장기적으로 보면 어차피 우리도 다른 분야 소프트웨어 사업을 할 수 있는 경험이 좀 필요한 상황이기도 했어. 너무 부담 갖지는 말라고."

그렇게 해서 김 박사는 젊은 프로그래머들과 함께 밑바닥부터 다시 인터넷 뱅킹 프로그램을 만들어서 메타버스 프로그램에 하나하나 합쳐 나가기 시작했다.

상당히 피곤한 일이었지만, 프로그래머들은 인터넷 뱅킹 프로그램에 대한 확실한 경험이 있었고, 김 박사에게는 어떻게 해서든 이 일을 해결하겠다는 필사적인 마음가짐이 있었다. 둘이 결합하자, 일은 빠르게 진척되었다. 오 박사 역시 김 박사와 프로그래머들 사이에서 일이 잘 진행될 수 있도록 열심히 도왔다.

그렇게 해서 몇 날 며칠 밤을 새 가며 갖가지 난관을 돌파한 끝에 김 박사는 마침내 메타버스 프로그램에 접속해서

ATM을 작동시켰을 때 화면에 나오는 버튼들을 누르면 진짜 ATM을 작동시키는 것처럼 실행되는 프로그램을 끼워넣는 데 성공했다.

아찔한 순간은 한두 번이 아니었다. 특히나 은행 쪽에서 특별 접속 허가를 받는 부분이 대단히 어려웠다. 다행히 진흥원은 모든 금전 거래를 농협을 통해 하고 있어서, 진흥원 내부 사용 프로그램으로 허가를 받아 달라고 진흥원의 재무 회계 팀 담당자에게 부탁하는 방법을 이용해서 문제를 해결할 수 있었다. 김 박사와 오 박사는 이 일을 해결하기 위해서 프로그래머들과 함께 긴박하게 통화하면서 몇 번이나 진흥원과 진흥원 근처의 농협을 오가며 일해야 했다.

김 박사는 감격의 마음으로 완성된 메타버스 프로그램을 진흥원 박 부장에게 보냈다.

그런데 박 부장에게서는 연락이 되돌아오지 않았다.

김 박사는 이번에는 불안한 심정이 되었다. 그러고 나서도 꽤 긴 시간을 기다렸는데도 박 부장으로부터는 아무 소식이 없었다. 좋으면 좋다, 나쁘면 나쁘다, 이번에도 못쓰겠다, 이딴 걸 만들어 왔냐, 꺼져라 이 하찮은 업자 놈아, 무슨 말이라도 듣고 싶었다.

사람의 마음속에는 누구에게나 뒤틀린 심리가 조금은 있

곽재식

는 것인지, 일이 이쯤 되자 김 박사는 박 부장이 무엇인가를 지적하는 이야기를 또 한번 듣고 싶다는 마음이 들었다. 크지 않은 문제를 지적하는 박 부장의 흰소리를 한마디 듣고, "아이고, 죄송합니다."라고 한번 굽신거리면서 끝을 내면, 그러고 나면 진짜 문제가 마무리된 듯한 기분이 들 것 같았다.

그러나 박 부장은 칭찬도, 욕도, 아무 말도 하지 않았다. 사실 김 박사는 이후로 박 부장으로부터 영원히 평생 동안 아무런 연락을 받지 못했다.

이제 전시회가 얼마 남지도 않았는데 너무 연락이 없는 것이 불길해서 김 박사는 기다리던 끝에 결국 박 부장에게 먼저 전화를 걸었다.

"여보세요?"

전화를 받는 사람이 박 부장이 아니었다. 너무나 이상했다.

"저…… 죄송합니다만, 진흥원 박 부장님 아니신가요? 저는 박 부장님하고 메타버스 일 같이하던 김 박사라고 합니다."

그러자 전화를 받는 목소리는 알아들었다는 듯이 반가워했다.

"아, 김 박사님이시구나. 안녕하세요. 저는 박 부장님 일 넘겨받은 정 부장이라고 합니다."

그러면서 정 부장은 짧게 자기 자신을 소개했다. 김 박사가 다시 물었다.

"박 부장님 일을 넘겨받으셨다고요? 혹시 박 부장님께 무슨 일이 있으신 건 아니고요?"

"에이, 아니고요. 박 부장님은 승진하셔서 지금은 진흥전략실 실장으로 올라가셨습니다. 그래서 제가 박 부장님 하시던 일은 다 맡아 보게 됐어요. 원래 진흥원 같은 조직이 이렇지 않습니까? 계속 담당자가 순환 보직으로 바뀌죠."

"아, 그러시군요."

정 부장이라는 사람의 목소리는 밝고 명쾌하게 들렸다. 그러나 그 밝음과 명쾌함이 어둠 속에서 헤매는 김 박사에게는 오히려 잔혹한 느낌으로 다가왔다.

김 박사는 "네, 그러면 감사합니다."라고 전화를 끊고 싶다는 강한 충동을 느꼈다. 박 부장은 이 모든 것을 간단하게 던져 버리고 저 멀리 행복한 더 높은 세계로 도망쳤잖아? 왜 나는 그러지 못하는 거지? 나도 그냥 때려치우면 안 되는 건가? 그냥 전화를 끊고 이 모든 일들이 다 끝나 버린 척하면 되지 않을까?

그러나 정 부장은 김 박사가 망설이는 순간 바로 그의 심장을 꿰뚫었다.

"그런데, 김 박사님. 지금 형태로는 메타버스 프로그램을 도저히 못 쓸 것 같은데요."

김 박사는 온몸에서 피가 줄줄 빠져나가 몸이 텅 비어 버리는 것 같은 기분이었다. 김 박사는 간신히 기운을 짜내서 물어보았다.

"메타버스 프로그램에 어떤 문제가 있는 것 같으신가요?"

"문제가 있는 것 같은 게 아니라, 문제가 있어요."

이 사람은 이런 식으로 말을 하고 나면, 자기가 재치 있게 말했다는 사실에 막 기뻐하는 걸까? 그래서 그 기쁨 때문에 집에 가서 "오늘 업체에 어떤 한심한 놈이 전화를 해서 '문제가 있는 것 같다'고 말했는데, 내가 라임이 딱 맞는 말로 '문제가 있는 것 같은 게 아니라 문제가 있어요'라고 받아쳐 줬지, 정말 보람찼어." 이런 생각을 되새기며 춤이라도 추는 걸까? 그때부터 김 박사의 정신은 무너지고 있었다.

정 부장이 이어서 말했다.

"일단 가장 큰 문제가 뭐냐면요. 이게 인터넷 뱅킹 문제이지 않습니까?"

"메타버스 시연 프로그램 아닙니까?"

"아니, 지금 말장난하자는 것은 아니고요. 하여튼 메타버스에서 인터넷 뱅킹을 하는 문제잖아요."

"네."

"그런데, 인터넷 뱅킹을 정확히 제대로 하려면 사실은 공동인증서를 발급받아서, 인증서를 가지고 인터넷 뱅킹을 해야 하는 거지 않습니까? 그런데 지금 이 메타버스 프로그램에는 공동인증서 관련된 내용이 전혀 없어요."

"공동인증서요?"

정신을 핑 돌게 하는 마법 주문과 같은 다섯 글자였다.

공동인증서?

메타버스에서 들어간 은행 ATM을 작동시키는데, 거기에 공동인증서를 등록하는 기능을 집어넣으라고?

"그런데 정 부장님, 저희 프로그램이 공동인증서가 꼭 없어도 그냥 자연스럽게 비밀번호랑 계좌번호 같은 것만 입력하면서 잘 작동되지 않습니까? 실제로 ATM을 사용할 때도 공동인증서를 사용하지는 않는데, 그게 꼭 필요할까요?"

"아니죠, 김 박사님. 아니죠. 김 박사님이 이과 전공이라서 그러신지, 이게 문제를 너무 기술적으로 좁게밖에 못 보시는 것 같은데요. 이게 그런 문제가 아니에요."

김 박사는 시각디자인 전공이었다. 정 부장이 이어서 말했다.

정부 시책으로 인터넷 뱅킹에서 공동인증서를 많이 쓰게 해야 한다는 방침이 있어요. 아시죠? 그리고 저희 같은 공공기관에서는 인터넷 뱅킹을 할 때 꼭 공동인증서를 써야 한다는 규정이 있거든요. 그래서 아무리 메타버스의 ATM이라고 하더라도, 이 메타버스 프로그램 자체가 컴퓨터에서 인터넷을 통해 운영되는 이상, 거기서 은행 거래를 하면 공동인증서를 써야만 하는 게 저희 규정입니다."

"정 부장님, 그런데 이것은 그냥 시연 프로그램 아닙니까?"

"아니, 시연이고 아니고가 문제가 아니라, 우리가 지금 은행 거래를 한다는 것을 보여 주어야 되는 거잖아요. 은행 거래가 아닌 건 아니잖아요? 그러면 무조건 공동인증서가 들어가 줘야죠."

"아, 네. 네. 네."

네. 네. 네. 김 박사는 아무 생각 없이 무조건 맞다고 말하고 싶었다.

"그냥 그거 딱 한 가지만, 공동인증서를 써서 진짜 인터넷 뱅킹 하는 것처럼 메타버스에서 할 수 있다는 거, 그거 딱 하나만 보여 주면 되는 거거든요. 이거 그렇게 돼야 되는 겁니다."

김 박사는 거미 시체처럼 팔다리를 길게 뻗은 채로 의자에 늘어져 있었다. 스피커폰으로 울려 퍼지는 정 부장의 말소리가 사무실에 검은 연기처럼 가득 찼다.

김 박사는 고개를 세차게 흔들었다. 그러더니, 고개를 흔드는 동안 뇌를 다치기라도 했는지, 김 박사는 갑자기 다른 말투로 정 부장에게 물었다.

"부장님, 그런데 정말 죄송한데요. 이게 저희가 계약서를 쓰고 주문을 따서 진행한 계약이 아니라, 사실 그냥 부탁을 받아서 임의로 진행한 일입니다. 정직하게 인간 대 인간으로 말씀드려서, 저희가 더 이상 일을 계속해 나갈 인력도 비용도 여력도 없고, 삶의 의지도 없거든요. 그래서 정 부장님, 어차피 시연용이니까 이 정도로 프로그램을 활용하시고, 혹시 정말로 뭔가가 더 필요하시면 그때 계약을 통해서 일할 사람들을 구하셔서 그 프로그램을 추가로 수정하고 보완해서 쓰시면 안 되겠습니까? 이게 제가 그냥 제 마음속에 있는 모든 것을 솔직하게 다 말씀드리는 겁니다."

그러나 그 말을 듣자, 정 부장의 목소리는 격앙되어 갔다.

"아니, 업체에서 그런 식으로 말씀을 하시면 안 되죠. 지금 저희가 굉장히 큰 노력을 기울여서 준비한 전시회 준비 자료 중에 메타버스 파트가 있는데, 저희 내부 자료를 보면 처음부터 메타버스 부분의 책임 업체로 김 박사님 회사가 딱 정확하게 적혀 있어요. 이걸 책임을 지고 일을 해 주셔야지. 이렇게 일이 명확하게 정해져 있는데, 갑자기 못 하겠다, 그만두겠다, 이렇게 하시면 저희 내부에서 부적격 업체로 처리하면 앞으로 사업은 어쩌려고 그러십니까?"

김 박사는 부들부들 떨었다. "전임자인 박 부장한테 따져 보쇼."라고 말하고 싶었지만 그렇게 말할 수는 없었다. 박 부장이 실장으로 승진했다니 정 부장이 따지려야 따질 수 있는 입장도 아닐 것이다.

김 박사는 간신히 정신을 모아 대답했다.

"부장님, 제가 다 아는데요. 그냥 하나의 인간, 아니 숨 쉬고 밥 먹고 사는 하나의 생명체로서 그냥 드는 생각을 고스란히 말씀드리는 건데요. 그건 그냥 내부 자료에서 그렇게 정해 놓으신 거지, 저희 회사가 공식적으로 계약을 해서 일을 맡은 게 아니지 않습니까? 저희가 이 건에서 계약상 을로서 어떤 의무를 이행해야 하는 것은 아닌데. 조금만 전체적인 사정을 이해해 주시면 안 되겠습니까? 정 부장님도 그런 좋은 직장에서 일하시는 것을 보면, 다 공부도 잘하시고, 머리도 좋으시고, 대인 관계도 좋으실 텐데, 그런 좋은 능력으로 한발만 더 떨어져서 일이 왜 이렇게 되었는지, 저희는 도대체 어떤 느낌일지 한 번만 상상해 보시면 안 될까요?"

정 부장은 이때 잠깐 김 박사가 뭔가 정상이 아닌 상태가 되었구나 하는 생각을 하기는 했다. 그러나 정 부장은 업자를 대할 때 리듬을 놓치면 안 된다고 항상 선배들에게 가르

침을 받아 왔다. 정 부장은 좀 더 거센 어조로 몰아쳤다.

"계약을 하고 하는 일이 아니라고요? 그래서요? 무슨 소송을 걸어서 어떻게 하시겠다는 거에요? 저희가 불법적으로 한 일이 뭐가 있습니까? 오히려 공동인증서도 안 되는 프로그램으로 인터넷 뱅킹을 하는 공공기관 작업을 하려고 한 게 불법적인 거예요. 그리고 저희하고 소송으로 싸우는 상황이 되면, 어떻게 사업을 하시려고 그러세요?"

그 말을 듣고 김 박사는 말없이 가만 있어 보았다. 김 박사는 그냥 마음도 답답한데, 그냥 목 놓아 울어 볼까 생각했다.

그러나 결국 김 박사는 이렇게 말하며 통화를 마쳤다.

"네, 알겠습니다. 저희가 어떻게 할 수 있는지 한번 알아보고 또 연락드리겠습니다."

휘몰아치는 눈보라 속에서 쌓인 눈의 무게를 이기지 못해 툭 부러지는 나뭇가지를 본 적이 있는가? 김 박사의 팔은 똑 그런 모습으로 전화기를 내려놓으려 했다. 그런데, 바로 그때, 이 모든 대화를 같이 듣고 있던 프로그래머 한 사람이 말했다.

"잠깐만요. 공동인증서를 어떻게 설치하면 되는지 물어보세요. 그냥 컴퓨터에 USB 메모리스틱을 꽂아서 설치하면 되는 건지."

곽재식

김 박사는 그 말을 듣고 정 부장에게 물어보았다.

"부장님, 그러면 하나만 확인해 보도록 하겠습니다. 저희가 메타버스 가상공간 속에서 은행에 들어가면 ATM이 있지 않습니까? 그걸 작동시킬 때, 공동인증서를 같이 써야 된다는 거잖아요? 그러면 ATM을 작동시키면 일단 팝업 창이 하나 뜨면서, 사용자 컴퓨터에서 공동인증서를 고르라고 하면 될까요? 공동인증서가 들어 있는 USB 메모리스틱을 꽂든지 아니면 무슨 다른 방법으로 인증을 하든지 하면서요?"

그 말을 듣고 정 부장은 김 박사가 한심하다는 듯 비웃었다.

"아니, 어떻게 이렇게까지 일을 하시고도 그렇게 감이 없으세요? 그걸 메타버스라고 할 수 있어요? 메타버스는 그런 게 아니잖아요?"

김 박사는 아무 생각을 하지 않고 그냥 되물었다.

"그럼 어떻게 해야 할까요?"

"당연히 메타버스니까 가상적으로 모든 일이 다 이루어져야죠. 지금 여기가 은행이잖아요. 그러니까 그 옆의 은행원에게 가서 메타버스 속에서 그 은행원에게 공동인증서를 발급받아야죠. 번호표 받고 기다린 다음에요. 그리고 그렇게 공동인증서를 받으면 그게, 가상의 메타버스 속 USB 메모리스틱에 저장이 되는 겁니다. 당연하잖아요? 그리고 ATM

을 사용할 때는, 아이템 사용 아이콘을 눌러서 그 메타버스 속 USB 메모리스틱을 넣으면 그 속에 저장된 공동인증서가 사용되는 거죠. 이렇게 돌아 가야 진정한 메타버스를 시연했다고 할 수 있잖아요?"

죽이겠다.

김 박사는 그 방법밖에 없지 않겠냐는 생각이 들었다. 그러나 김 박사의 마음을 읽었을 리 없는 정 부장은 계속해서 말을 이어 나갔다.

"아, 참. 그래. 이게 또 하나 중요한 문제가 있는데. 이게 인터넷 뱅킹을 시연하는 거잖아요? 그런데 농협을 이용해서 한다는 게 안 맞는 것 같아요. 농협이 뱅크, 은행은 아니잖아요. 이게 인터넷 뱅킹의 시연이 될 수 있을까요? 농협은 농업협동조합인데 조합이 영어로 뭐죠? 유니언 아닌가? 인터넷 유니어닝? 우리는 인터넷 뱅킹을 하는 거지 인터넷 유니어닝을 하는 게 아니잖아요. 그래서 지금 전체적으로 모양이 농협으로 되어 있고, 거래 대상도 농협으로 되어 있어서 엄청 어색한데, 시중 은행 중에 하나로 바꿔 주세요. 이걸 갈아엎는다고 할 수도 있겠지만, 이게 하나를 잘 보여 주기 위한 시연이니까, 이런 게 중요합니다."

김 박사는 전화 통화를 마쳤다.

그리고 이 모든 것을 해결하기 위한 유일한 방법은 살인뿐이라고 생각했다.

그렇게 해서 아직까지는 삶의 희망을 갖고 있는 젊은 프로그래머들이 은행원들에게 공동인증서를 받아 오는 기능을 만들어 보려고 고민하고 있는 동안, 김 박사는 어떻게 하면 정 부장을 없앨 수 있을지 생각했다. 김 박사는 그 방법뿐이라고 믿었다. 마지막 수단. 최후의 방법. 모든 문제의 가장 강력한 해결책.

몇 가지 같이 고민해야 할 조건이 있었다.

가장 중요한 최우선 조건은 정 부장이 살아남지 못하고 더 이상 어떠한 일을 하지 못하도록 완전히 철저하게 제거해야 한다는 것이었다. 두 번째 조건은 가능하면 누가 범죄를 저질렀는지 모르도록 하고 싶다는 생각이었다. 왜냐하면 만약 자신이 일을 저질렀다는 사실이 알려지면 결국 그 사건 때문에 회사와 진흥원의 관계가 완전히 틀어져서 같이 일을 하지 못하게 될 텐데, 그래서야 정 부장을 없애는 보람이 없어지기 때문이다. 세 번째 조건도 있었다. 가능하면 그 저주받은 전시회 자체를 완전히 망하게 하고 파괴해 버리고 싶었다.

김 박사는 누가 뭐래도 이 척박한 한국의 환경에서 4차원 그래픽 엔진 개발을 하는 데는 따라올 수 없을 만큼 훌륭한 성과를 낸 인물이었다. 나름대로의 지적인 활동 능력과 치밀한 계획 능력을 동시에 갖춘 인물이었다. 그런 사람이 세상의 모든 다른 문제를 포기하고 오직 이상의 세 가지 조건을 충족시키면서 정 부장을 처치한다는 목적만 집중해서 힘을 쏟는다고 생각해 보자. 얼마 지나지 않아 훌륭한 상상력과 치밀한 예상 능력에 따라 김 박사가 해결하려는 문제에 대한 해답은 빠르게 갖추어졌다.

김 박사는 아주 간단명료하면서도 독특하고, 기괴하면서도 쉬운 방법으로 정 부장을 없앨 방법을 고안해 내는 데 성공했다.

그리하여 김 박사는 다양한 곳에서 범행을 위한 여러 가지 장비를 구입했다. 밧줄, 냄새 제거제, 십자드라이버, 미국산 육포, 피마자 기름, 전동 드릴, 새장, 구둣주걱, 양꼬칫집에서 양꼬치 회전시킬 때 쓰는 기구 등등을 그는 차근차근 모았다. 이 모든 도구를 이용해서 그는 완벽하게 범행을 성공시킬 예정이었다. 사회적으로 물의를 일으키는 것을 피하기 위해 지금 언급한 장비 목록 중 일부는 내가 임의로 바꾸었음을 밝혀 둔다.

모든 준비가 끝나자 김 박사는 몰래 진흥원에 잠입했다. 그는 진흥원 구내와 인접해 있는 농협 건물을 이용해서 진흥원으로 출입증 없이 들어가는 방법을 알고 있었다. 김 박사는 전 세계의 그 누구보다도 그 농협 건물의 구조에 대해 잘 알고 있었다. 농협 건물을 이용해 진흥원에 침입하면서, 김 박사는 농협의 직원들이 자신이 만든 프로그램의 모습과 실제로도 비슷하게 움직이는 모습을 보면서 어쩐지 모를 뿌듯함과 서글픈 감정을 동시에 느꼈다.

김 박사는 진흥원에서 정 부장의 자리를 향해 조금씩 다가갔다. 전체적인 내부 정황을 명확히 파악해야만 확실하게 일을 저지를 수 있기 때문이었다. 따라서 일단 김 박사는 몰래 숨어서 정 부장의 움직임과 행동을 면밀히 알아내고자 했다.

그러다 보니 김 박사는 정 부장이 누군가와 통화하는 것을 엿듣게 될 수밖에 없었다.

정 부장은 이렇게 말하고 있었다.

"과학산업부에서 진행하는 일은 숙지하고 있습니다. 네, 네, 알겠습니다. 사무관님. 네, 아, 정말 그러네요. 저희도 잘 알고 있습니다. 저희가 이번 과제에서 메타버스 담당 기관이지 않습니까. 네, 알고 있습니다. 네, 물론 수정해 드릴 수 있고요. 아니요. 그런 것은 아니고요."

그런데 정 부장의 목소리 말고 수화기 너머에서 화를 내는 소리가 들려왔다. 무슨 말인지는 잘 알아들을 수 없었다.

이어서 정 부장의 목소리가 들렸다.

"사무관님, 제가 정말 그건 크게 실수한 것 같고요. 제가 다시 한번 죄송하다는 말씀을 드립니다. 그리고 정말 이번에는 사무관님 생각하시는 바를 잘 헤아려서요. 네, 네. 네, 알겠습니다. 단순히 마음을 헤아리는 게 아니라 합리적으로. 상식적으로. 네, 그렇게 하겠습니다. 네, 잘 알고 있습니다. 일반적인 눈높이를 잘 생각해서 네, 네. 메타버스 프로젝트는 제가 정말 책임지고 열심히 해 보겠습니다. 네, 너무 죄송하고요. 제가 다시는 이런 일이 없도록 유의하겠습니다. 네, 네, 네-, 네, 사무관님. 감사합니다. 들어가십시오."

정 부장은 그렇게 말하고 전화기를 던지듯이 놓았다.

전화기를 내려놓는 손이 눈 쌓인 나뭇가지가 꺾이는 모양처럼 보였다.

그리고 정 부장은 뭔가 북받쳐 오르는 듯, 눈물을 흘리는 것 같았다. 그는 과학산업부라는 정부 부서의 담당자들에게 시달리고 있었다. 그는 눈물을 흘리다가, 무엇인가 마음을 달래고 싶은지 크게 심호흡을 했다. 그러더니 전화기 화면을 살펴보면서 가족 사진을 보았다. 소리 내어 우는 소리는 사라졌지만, 눈에서는 더 뜨거운 눈물이 솟아나는 것 같았다. 정 부장은 눈물을 삼키며 구겨지는 걸레 같은 목소리로 "힘내자" "힘내자!"라고 혼자 외쳤다.

김 박사는 그냥 아무 일도 하지 못하고 그대로 회사로 돌아왔다.

프로그래머들은 메타버스 세계의 은행원들에게 공동인증서를 받는 부분을 만들다가 짜증을 견디지 못하고 맥주를 마시러 나간 상태였다. 사무실은 텅 비어 있었다. 김 박사는 어찌해야 할 줄을 모르고 멍청하니 앉아 있었다.

그렇게 밑바닥에 가라앉은 것 같은 마음으로 생각해 보니, 정 부장의 목숨을 빼앗는 것은 옳은 일이 아닌 것 같았다. 사실 문제를 시작한 인물은 박 부장 아닌가? 그런데 그렇다고 박 부장을 처치하는 것이 답도 아니라는 생각이 들었다.

죄악의 경계에서 한숨만 쉬고 있던 그를, 퇴근하던 안 과장이 보았다.

"김 박사님, 일 잘돼 가십니까?"

안 과장이 먼저 말을 걸었다. 김 박사가 픽 웃으며 답했다.

"이게 잘되어 가는 것 같으세요?"

"그렇죠. 저도 사실 보자마자 알았어요."

김 박사는 안 과장의 목소리를 듣자, 그가 이 일을 하지 말자고 경고했던 일이 떠올랐다. 평소 안 과장과는 같이하는 일도 없고, 평소 성격이나 취미도 다른지라 서먹한 사이였다. 그렇지만 그날 따라 김 박사는 안 과장에게 모든 일을 다 털어놓고 싶었다.

김 박사의 이야기를 유심히 모두 전해 들은 안 과장은 고개를 숙이고 잠시 생각에 빠졌다. 그리고 그는 그에게 전화기로 메시지를 보내 주소 하나를 알려 주었다.

"이게 뭡니까?"

"그냥 아무 말 마시고 거기로 가 계세요. 회사에는 휴가를 내시고요."

안 과장이 보내 준 주소는 어느 산골에 있는 결핵 요양원 주소였다. 그곳에서 봉사 활동을 한 며칠 하다가 오라는 이야기였다.

김 박사는 황당한 이야기 같았지만, 그날은 그것이 매우 좋은 제안으로 들렸다. 지금, 이 모든 것을 버리고 멀리 어떤 낯선 곳에 가서 잠시 숨을 돌릴 수 있다면, 그것만으로도 김 박사는 삶의 아주 많은 것을 포기할 수 있을 것 같았다.

일주일 후, 요양원에 있던 김 박사는 안 과장이 보내 준 메시지를 받았다. 그 내용은 이러했다.

– 김 박사님은 결핵에 걸렸다는 의심 소견이 있어서 긴급히 격리 수용하고 확인해야 할 것 같아 요양원으로 보냈다고 이야기해 버렸습니다. 그냥 연락을 못 하게 막아 버리고 일을 끊어 버린 거지요. 이런 건 사실 그쪽에서 보나, 이쪽에서 보나 정신 차리고 보면, 그냥 안 해도 아무 상관 없는 일이거든요.

– 뭐라고요? 사달이 나지 않았나요?

김 박사는 안 과장에게 물었다. 안 과장의 대답은 길이가 길었기 때문에, 한참 지나서야 김 박사에게 도착했다.

– 처음에는 진흥원에서 연락할 사람이 없어서 당황하는 것 같았죠. 그렇지만 우리 회사에 이제 아무도 일을 아는 사람이 없다니까 일단 그 때까지 만들어진 프로그램까지만 받아 갔습니다. 그리고 나서 엊그제 전시회가 열렸습니다. 예정대로 과학산업부 장관이 왔습니다. 그런데 장관은 저녁 때 아이들 졸업식에 참석해야 한다고 해서 입구에서 사진만 찍고 바로 갔다고 합니다.

김 박사는 깊게 심호흡을 했다. 향긋한 숲속의 나무 냄새와 풀 냄새가 가득 느껴졌다. 안 과장은 문자 메시지를 하나 더 보냈다.

– 전시회 직전에 진흥원의 부원장은 국회의원 공천을 받게 되어 모든 일을 다 중단하고 바로 진흥원을 떠났다고 합니다. 그러면서 조직개편이 일어나, 박 부장도, 정 부장도 모두 다 다른 부서로 또 자리를 옮기게 되었습니다. 김 박사님, 이제 그만큼 쉬셨으니, 다시 돌아오시지요.

이 글은 2023년 서울 종로에서 쓰고 완성한 글이다.

시시포스와 포르

김상균

Scene #1. 안타고니아 채널 324

칠흑 같은 밤이었다. 늑대들의 허연 이빨을 타고 흐르는 희미한 달빛에 붉은 피가 반짝였다. 축축한 흙을 뚫고 나온 거센 나무뿌리 위에 한 남자가 누운 채로 발버둥 쳤다. 발뒤꿈치가 다 벗겨지도록 몸부림을 쳐 봤지만, 자신을 짓누르고 있는 늑대 세 마리를 밀어내지는 못했다. 남자는 소리를 지르지도, 비명을 내지도 않았다. 늑대들이 남자의 살점을 파먹는 소리만이 고요하고 습한 어둠 속으로 스며들었다.

늑대들은 남자의 신장과 간을 먼저 파먹었다. 남자는 늑대들이 자기 신장과 간을 씹어 삼키는 모습을 지켜봐야 했다. 신장과 간을 삼킨 늑대들은 예리한 발톱으로 남자의 두 눈을 도려냈다. 마지막은 심장. 자기 심장이 늑대들의 배 속으로 넘어간 뒤에야 남자는 의식을 잃었다.

시간이 얼마나 흘렀을까. 멀리서 들려오는 늑대들의 울음소리에 남자는 다시 깨어났다. 피가 흐르는 손으로 자신의 얼굴과 몸을 더듬는 남자. 뜯겨 나갔던 눈과 몸뚱어리는 어느새 멀쩡히 돌아와 있었다. 남자의 얼굴 위로 차가운 빗방울이 거세게 쏟아졌다. 남자는 늑대의 울음소리가 들려오는 반대편을 향해 뛰었다. 너덜너덜해진 신발이 잡풀에 걸려서, 몇 발짝 뛰기도 전에 넘어지고 일어서고를 반복했다. 돌부리에 부딪힌 무릎에서 피가 흘러내렸으나, 남자는 그저 뛰고만 있었다. 거센 빗줄기 사이로 늑대 울음소리는 점점 더 가깝게 남자를 향해 달려오고 있었다.

"그냥 나를 죽여 줘! 제발 끝내 달라⋯⋯."

남자의 외침이 끝나기도 전, 늑대 한 마리가 날아오르듯 달려들어서 남자의 머리통을 물어뜯으며 넘어트렸다. 뒤따라온 늑대 두 마리가 합세하여 남자의 몸에 올라타고는 다시 남자의 살점을 파먹기 시작했다. 뿜어져 나오는 핏물이 거센 빗줄기에 섞여서 사방으로 흘러내렸다.

Scene #2. 안타고니아 채널 359

폭격 소리가 멀리서 들려왔다. 사내는 아내가 누워 있는 들것을 수레처럼 끌고 있었다. 들것의 반대쪽은 바닥에 끌리며, 매캐한 시멘트 먼지를 연신 일으켰다. 들것 위에는 오른쪽 다리의 무릎부터 절단된 아내가 신음을 내고 있었다. 사흘 전 머물렀던 대피소가 폭격당하면서, 아내의 다리가 콘크리트 더미에 깔렸었다. 야전병원에는 마취약이 부족했다. 의사의 우려대로 아내는 수술 중에 쇼크를 일으켰다. 그저 죽지 않았음에 안도했을 뿐이었다. 사내는 가까워지는 폭격 소리를 피해 아내를 들것에 싣고 무작정 길을 나섰다.

다섯 살 난 딸아이가 들것에 실린 엄마의 손을 꼭 잡은 채 말없이 걷고 있었다. 아이는 멀리서 간간이 들려오는 폭격 소리에 더 이상 놀라지도 않았다. 눈물, 콧물, 분진이 뒤범벅된 아이의 얼굴에는 아무런 표정도 담겨 있지 않았다.

몇 시간을 걸어서 사내는 다른 대피소에 도착했다. 말이 대피소이지 천장의 절반 이상이 뚫리고, 벽의 일부도 무너져 내린 폐교였다. 원래 폐교였던 곳인지, 아니면 폭격을 맞아 그리됐는지는 알 수 없었다. 의료 인력이 몇 명 있었으나, 역시 그곳도 의약품은 턱없이 부족했다. 퀭한 눈으로 아내를 바라보던 간호사는 주머니에서 진통제 두 알을 꺼내어 사내에게 건넸다. 사내는 진통제 두 알을 잠시 만지작거리다가, 수통에 담긴 뿌연 물과 함께 진통제 한 알을 아내의 입에 흘려 넣었다. 어느새 해가 또 저물고 있었다. 사내는 주머니를 뒤져서 마지막 남은 사탕 하나를 딸아이의 입에 넣어 줬다.

"와, 달다. 근데, 아빠는 배 안 고파?"

사내는 딸아이를 말없이 품에 안았다.

"이제 자야지."

엄마의 신음이 잦아들 때쯤 아이는 잠이 들었다. 네댓 시간이나 흘렀을까. 잠시 잠에 빠졌던 사내는 달그락거리는 소리에 눈을 떴다. 아내는 아무 소리도 내지 않은 채 미동조차 없었다. 어느새 잠에서 깬 아이가 사내 옆에서 낡은 통조림 통을 만지작거리고 있었다.

"언제 깼어? 뭐 하는 거니?"

"아빠, 이거 내가 좋아하는 햄 통조림이야."

아이는 낡은 깡통을 위아래로 몇 차례 흔들더니, 플라스틱 뚜껑을 열었다.

"그거 빈 캔 아니야?"

"맞아. 근데 여전히 햄 냄새가 나긴 해."

김상균

아이는 씩 웃으며 통조림통을 입으로 가져갔다.

"어, 너 뭐 하는 거야?"

아이의 목으로 물이 넘어가는 소리가 들렸다.

"아빠, 이거 내가 마당에서 주워 온 거야. 물을 넣고 흔들었더니 햄 맛이 나! 신기해."

아이는 물이 절반 정도 남은 통조림통을 사내에게 내밀었다.

"아빠도 마셔 봐!"

사내는 통조림통을 잡지 못한 채 내려다봤다. 가장자리가 검붉게 녹이 슬어 버린 캔에는 언제 들어갔는지 알 수 없는 개미 몇 마리가 물 위에 떠 있었다. 사내는 한 손으로 캔을 옆으로 쳐 버렸다. 아이의 손에서 떨어진 통조림통이 바닥에 뒹굴었다.

"아빠, 왜 그래? 내가 뭐 잘못했어?"

아이의 말라붙은 눈가에 눈물이 고였다. 사내는 말 없이, 아이를 끌어안았다. 아이의 머리에 입을 맞춘 채 터져 나오는 울음을 삼켰다. 잠시 뒤 아이가 말을 꺼냈다.

"아빠, 근데 엄마는 계속 자는 거야?"

그러고 보니, 아내는 이제껏 움직이지도 신음을 내지도 않고 있었다. 사내의 미간이 찌푸려졌다.

"저기, 마당에 가서 수통에다가 물 좀 떠 와 줄래?"

아이는 아빠가 건넨 수통을 품에 안고 어둠 속으로 사라졌다. 사내는 아내의 입가로 자신의 귀를 가져가더니, 멈칫하며 몸을 일으켰다.

"아빠, 여기 물 떠 왔어."

어느새 곁에 아이가 다가와 있었다. 사내는 아이를 품에 안고는 아이의 눈을 가렸다. 사내의 어깨가 흔들렸다.

Scene #3. 시청자

카페 창가에 앉은 세 명의 젊은이가 떠들고 있었다.

"와, 324번 채널 대박인데!"

"야, 근데 쟤 좀 멍청하지 않냐? 매번 같은 쪽으로 도망가잖아?"

"아니야. 저번에는 절벽 쪽으로 도망가던데……."

"그럼, 절벽에서 뛰어내려서 죽은 거야?"

"나도 그런가 했는데, 안 되던데. 절벽 쪽으로 가까이 가니까 바람이 세게 불어서 넘어지는 거야. 그때 또 늑대들이 달려들더라고."

민철과 현우의 대화를 듣고 있던 아린이가 말을 꺼냈다.

김상균

"야, 니들은 저게 재밌냐?"

"왜? 너는 잔인해서 싫어?"

"아니, 그게 아니라. 매번 너무 뻔하잖아. 도망가다가 늑대가 뜯어 먹고, 죽으면 다시 또 멀쩡하게 살아나고, 그다음에는 또 도망가다가 늑대한테 잡히고."

"네가 핵심을 놓친 거야. 핵심은 잡혀서 물어뜯기는 게 아니라, 저 남자의 표정이야. 비슷한 것 같지만, 매번 표정이 조금씩 다르고 더 재밌어져. 겁에 질린 저 표정이 정말로 멍청하고 웃기잖아? 난 이걸 보다 보면, 이게 공포물인지 코믹물인지 헷갈리더라."

"맞아! 그리고 저 표정이 연기가 아니잖아. 리얼로 도망가고 잡아먹히는 게 묘미지."

"어휴, 그래도 내 취향은 아니다. 매번 상황이 반복되기도 하고."

"그렇기는 한데, 그 반복되는 상황을 324번 채널의 죄수는 계속 기억하고 있잖아. 그러면서 매번 그 죄수가 대응하는 게 조금씩 달라지고.

"그럼, 너는 주로 뭐 보는데?"

"응, 나는 359번 채널이 좋던데."

"아, 그 채널, 전쟁 관련해서 잡혀 들어간 그 전범 새끼 나오는 채널이지?"

"응, 맞아. 너도 봤구나?"

"나도 좀 봤는데, 사실 내 취향은 아니야. 너무 눈물 짜내는 거 아니냐? 그리고 스토리가 너무 늘어지는 것도 같고."

"야, 니들이 오리지널 공포를 즐기려고 324번 채널을 보는 것처럼, 나도 오리지널 슬픔을 즐기려고 359번을 보는 거야. 그리고 324번처럼 반복되는 상황이 아니라, 계속 이어지는 이야기여서, 난 그게 더 재밌더라고."

"아무튼 공통점은 그 새끼들 모두 쌤통이라는 거야. 그치?"

"그럼, 당연하지. 저렇게 벌 받아도 마땅한 인간들이지. 지들도 장기 털리는 고통을 느껴야 하고, 자기 가족들 죽어 나가는 게 얼마나 슬픈지 직접 느껴 봐야 해."

"맞아! 맞아! 그러고 보면 안타고니아 만든 사람들 정말 천재 아니냐?"

안타고니아(antagonia)는 디지털 기술로 만들어진 교도소였다. 가공의 디지털 현실을 만들고, 그 속에 범죄자를 가두었다. 핵심은 범죄자가 저지른 범죄를 그대로 되돌려 준다는 접근이었다. 시청자들이 보고 있던 채널 324번 속 범죄자는 국제적 장기 밀매 업자였다. 사람들을 납치해서 장기를 적출하고, 시체를 화학약품으로 녹여 하수도로 흘려 버리

김상균

는 범죄를 수년간 저질러 왔다. 그에 따른 벌로 안타고니아에 갇혀서 매일 자기 몸이 늑대들에 의해 뜯겨 나가고, 정신을 차려 보면 다시 늑대에게 쫓기는 고통 속에 묶여 있었다. 죽음 앞의 공포와 죽는 순간의 고통이 무한히 반복되며 머릿속에 쌓여 가고 있었다. 359번 채널의 범죄자는 자신의 독재 권력을 유지하기 위해 수많은 사람을 전쟁의 화염 속으로 몰아넣었던 전범이었다. 안타고니아에서 그는 수십 년간 이어지는 길고 참혹한 전쟁의 한가운데에 놓인 사람으로 살아가야 했다. 전쟁으로 자신이 사랑하는 이들을 잃어 가는 슬픔, 모든 것이 파괴되는 고통, 그게 그의 삶 자체였다.

안타고니아에 수감된 죄수들에게는 일종의 마비제가 투여되었다. 몸을 움직이지 못하는 상태로 캡슐 형태의 장치에 갇힌 채 디지털 현실 속에서 죄의 대가를 치렀다. 죄수들이 디지털 현실 속에서 느끼는 시간의 흐름은 실제 물리적 현실에 비해 열 배 정도 더디게 흘러갔다. 1년 형을 선고받고, 안타고니아에 수감된 죄수는 자신이 그 속에서 10년 동안 벌을 받는다고 느끼는 셈이었다. 국민 대다수가 안타고니아를 열렬하게 지지했다. 자신들의 혈세로 죄수들을 먹여 살릴 필요는 없다는 의견, 교도소에서 죄수들이 한없이 편하게 시간을 보내서는 안 된다는 의견 등이 많았다.

수년째 안타고니아가 운영되면서, 안타고니아의 효율성에 관한 대중의 지지는 나날이 높아졌다. 안타고니아에 수감되었다가 출소한 죄수들의 재범률은 일반 교도소에 있던 죄수들에 비해 확연하게 낮아졌다. 어찌 보면 자연스러운 현상이었다. 안타고니아에 몇 개월만 있다가 나와도 그들은 물리적 현실 세계로 다시 돌아오지 못했다. 출소한 죄수 대부분이 극도의 공포, 우울, 피로감에 짓눌려서 세상 밖으로 나오지 못했다. 형기가 끝나도 여전히 그들의 영혼은 안타고니아에 갇혀 있었다.

대중들이 안타고니아를 지지하는 또 다른 이유는 방송 채널에 있었다. 안타고니아는 여러 개의 스트리밍 방송 채널을 운영했다. 각 채널에서는 범죄 유형별로 재소자들이 어떤 고통을 받고 있는가를 24시간 실시간 중계했다. 각 채널에 붙은 PPL, 광고 등을 통해 안타고니아 운영 예산을 대부분 감당할 정도로 높은 시청률을 기록했다.

"이번에 안타고니아 더 늘리자는 국민 투표, 너는 어떻게 할 거야?"

"야, 말할 게 뭐 있어? 당연히 찬성이지! 안타고니아가 있으니까 끔찍한 범죄자들이 우리 세금을 갉아먹지 않는 건데, 얼마나 좋냐. 그리고 픽션이 아닌 논픽션 콘텐츠가 이렇게

김상균

쏟아지는데, 반대할 이유가 없잖아?"

Scene #4. 안타고니아

"김 의원님, 내년에도 안타고니아 확장 관련 예산은 증액이 되겠지요?"

"그게 뭐 나 혼자 힘으로 되나? 여기 장 의원이 힘을 써 주셔야지."

"아이고, 김 의원님, 안 국장이 오해하겠습니다."

안타고니아 운영을 총괄하고 있는 안 국장은 김 의원과 장 의원에게 디지털 트윈으로 복제된 안타고니아의 이곳저곳을 확대하며 설명하고 있었다.

"안 국장, 뭐 늘 그렇지만 국민 여론이 중요하잖아요? 악질 범죄자들이 제대로 죗값을 치르는 걸 국민들이 봐야, 아, 이게 정의구나 하고 여론이 형성되는 겁니다."

"그렇지, 그런데 이번에 수감된 강지민 있잖아. 그 사람은 왜 안타고니아 채널에 공개를 안 하는 거야?"

"아, 그게, 김 의원님. 아시다시피 안타고니아 채널 공개는 저희가 일방적으로 할 수 있는 구조가 아니어서요. 뭐 겉으로는 저희가 결정하는 것처럼 되어 있지만, 그 부분도 역시 여론이 중요한데, 강지민이 같은 경우는 국민 정서가 사실 한쪽으로 쏠린 게 아니다 보니……."

"그게 무슨, 안 국장! 그렇게 무르게 행동해서야 되겠어? 어차피 강지민을 동정하는 인간들은 안타고니아 채널 안 볼 건데, 참 답답하네."

김 의원의 타박에 안 국장은 머리를 긁적이며 입을 떼지 못했다. 옆에 있던 장 의원이 안 국장의 어깨를 툭 치며 말을 꺼냈다.

"안 국장, 강지민은 현재 어떻게 처리되고 있어요?"

"아, 잠시만요."

안 국장은 강지민이 수감된 캡슐을 띄워서 두 의원에게 보여 줬다.

"아니, 이런 것 말고. 강지민이가 현재 어떤 디지털 공간에 갇혀 있는지 보자는 겁니다."

잠시 후 몹시 작은 방 또는 조금 큰 상자 안에 갇혀 있는 강지민의 모습이 나타났다. 가로 1.8미터, 세로 0.7미터, 높이 1.8미터의 공간이었다. 출입구, 창문이 없는 공간. 별도의 조명 장치 없이 성냥 한 개비를 켠 정도의 어두운 희미함 속에 강지민이 우두커니 서 있었다.

"이게 뭐야? 화면이 너무 어두워서 뭘 하고 있는지 보이지도 않네."

"잠시만요. 이렇게 조정해 보면, 우리가 볼 때는 화면이 선명하게 보입니다. 물론, 강지민은 아까 화면처럼 매우 어두운 공간에 갇혀 있는 느낌을 받는 것이고요."

"강지민을 작은 상자, 무슨 뒤주 같은 데 가둔 거구먼."

"네, 김 의원님, 그게 맞습니다. 사실 상황이 이렇다 보니 공개하기가 좀 애매했습니다. 강지민을 지지하는 이들이 혹시라도 이 모습을 보면 또 여론이 안 좋아질 수도 있고……."

"안 국장, 뭔 소리야? 러시아 크리스티 교도소보다는 저기가 더 쾌적한 거 같은데. 장 의원, 안 그래?"

"하하하, 김 의원님, 정말 그런데요!"

김 의원의 면박에 잠시 머뭇거리던 안 국장이 다시 입을 뗐다.

"아, 김 의원님. 그리고 안타고니아를 즐겨 보는 이들에게도 이런 답답한 모습이 재미있을 리가 없기도 하고요."

"그럼, 강지민은 저기서 뭘 하는 건가?"

"뭐, 딱히 하는 게, 아니 할 수 있는 게 없습니다. 그게 벌이고요. 아시다시피 강지민이가 여기저기 헤집고 다니다가 잡혔잖습니까. 그러다 보니 이렇게 꽉 막힌 좁은 공간에 갇혀서 극도의 답답함을 느끼게 하는 게 벌이어서요."

안 국장의 설명을 들은 김 의원이 큰 소리로 웃었다.

"뭐 맞는 말이기는 하네. 그런데 보는 재미가 없긴 하구먼."

Scene #5. 재판

강지민이 안타고니아에 수감되기 얼마 전. 법정은 방청인으로 가득했다. 강지민은 초점 없는 눈으로 어딘가를 응시한 채 무표정하게 앉아 있었다.

"피고 강지민은 글로벌 제약 기업 갤럭시파머시의 메인 서버, 그중에서도 보안 등급이 가장 높은 서버를 해킹해서, 갤럭시파머시가 10년 넘게 연구해 온 신약 정보를 탈취하여, 임의로 대중에게 공개했습니다. 그 결과 시중에 허가받지 않은 위조 약품이 범람하게 되었고, 갤럭시파머시는 연구에 투자한 1조 1천억 원의 연구비를 회수하지 못하게 되었습니다. 또한……."

강지민의 귀에는 검사의 말조차 들리지 않는 듯했다. 강지민의 곁에 앉은 국선 변호사는 두 손으로 볼펜의 뚜껑만 의미 없이 여닫고 있었다. 기소에서부터 판결까지 채 석 달이 걸리지 않았다. 몇 달 전 강지민은 갤럭시파머시의 서버를 해킹해서, 희귀 혈액암을 치료할 수 있는 표적 치료제의 제작 기밀

김상균

을 빼냈다. 빼낸 정보를 그대로 여러 인터넷 사이트에 뿌렸다. 강지민이 이번 해킹을 통해 얻은 경제적 이득은 없었다. 다른 제약 기업에 이를 넘기기 위해 해킹한 것이 아니었다. 수사 팀과 검사는 강지민이 경쟁 기업의 사주를 받고 갤럭시 파머시를 위기에 빠트리고자 이런 짓을 꾸몄겠다고 짐작했으나, 강지민은 검거된 순간부터 최종 판결을 받는 지금까지 침묵으로 일관하고 있었다. 심지어 변호인조차 강지민의 의도를 알지 못했기에 변변한 변론을 시도조차 못 했다.

"피고, 정말 마지막 기회입니다. 하고 싶은 말이 아무것도 없습니까?"

김해일 판사는 숨을 길게 들이마시며 강지민을 응시했다. 강지민에게는 김 판사의 말이 들리지 않는 것처럼 보였다. 검사가 서류 뭉치를 한 손에 든 채 자리에서 일어서서 뭐라고 말을 꺼내려 했으나, 김 판사는 눈빛으로 이를 만류했다. 그때 방청석에서 한 여자가 일어서서 소리를 질렀다.

"판사님! 강지민 씨를 제발 놓아주세요. 저 사람 아니었으면, 제 어머니는 이미 죽은 목숨입니다. 저 사람이 받을 벌이 있다면, 제가 대신 받겠습니다. 제가 대신……."

여자의 말에 여러 방청인이 동요하며 법정이 술렁였다. 청경들이 여자를 법정 밖으로 데리고 나갔으나, 여자는 청경의 손에 이끌려 나가면서도 자신이 벌을 대신 받겠다고 소리 쳤다. 여론은 둘로 갈라져 있었다. 갤럭시파머시를 해킹하여 제약 회사와 주주들에게 엄청난 피해를 준 강지민을 엄벌해 야 한다는 의견이 지배적이었다. 그러나 한편에서는 강지민 을 의적이라고 칭하는 이들도 있었다. 강지민이 공개한 표적 치료제가 완성된 의약품은 아니었다. 3년째 임상 실험이 진 행되던 약품이었다. 그러나 강지민이 제조 방법을 인터넷에 공개하자 시중에는 은밀하게 약품을 만들어서 거래하는 이 들이 늘어났다. 시중에서 쉽게 구할 수 있는 재료로 작은 실 험실 정도의 설비만 있으면 제조가 가능한 약품이었다. 이렇 게 만들어진 약품은 더 이상 어떤 치료도 통하지 않는 희귀 혈액암 환자들에게는 마지막 희망이었다. 불행인지 다행인 지 그렇게 만들어지고 유통된 약품을 복용한 환자들 대부분 은 놀라운 속도로 건강을 회복했다. 강지민을 의적이라 칭하 는 이들은 갤럭시파머시가 정치권의 각종 특혜로 성장한 기 업이고, 경영진의 갑질 의혹이 끊이지 않는 상황에서 강지민 이 나쁜 기업을 응징했다며 강지민을 지지했다.

"피고 강지민을 안타고니아 3년 형에 처한다."

법정 안에 있던 모든 이들이 예상했던 결과였다. 해킹된 정보를 통해 희귀 혈액암 환자들이 목숨을 구했다거나 갤럭시파머시가 경영상에 다른 문제가 있다는 것들이 강지민의 판결에 반영될 부분은 없었다. 갤럭시파머시에 입힌 경제적 피해를 놓고, 법조계 대부분이 법리상 예상했던 결과였다.

강지민 재판이 끝난 후. 불 꺼진 사무실에 김해일 판사가 홀로 앉아 있었다. 힘든 재판을 끝냈으니 술이라도 한잔하자는 동료들의 말을 뒤로하고, 처리할 일이 남았다며 사무실에 남았다.

'강지민에게 그런 선고를 내릴 자격이 내게 있을까? 나에게 그런 자격이……'

자정이 다 되어 갈 무렵, 김 판사는 사직서를 써 내려갔다. 이게 자신의 질문에 관한 스스로의 답이었다.

Scene #6. 사망 또는 해방

"이건 단순 사망이 아닙니다. 벌써 열 명이라고요. 그리고 무엇보다 순서가 보입니다. 처음에 사망한 세 명은 공통적으로 보안 레벨 1단계, 그다음 네 명은 보안 레벨 2단계, 그리고 다음 세 명은 보안 레벨 3단계 죄수들이고요."

암막 커튼이 쳐진 어두운 회의실. 조말금 수사 팀장과 박성균 형사, 둘이 마주 보고 앉아 있었다. 박 형사는 조 팀장에게 안타고니아 사건에 관한 개요를 설명하고 있었다. 조 팀장도 안타고니아에서 뭔가 심상치 않은 일이 벌어지고 있음을 이미 알고 있었다. 다만, 이 사건을 풀어 가는 둘의 방식이 너무도 달라서 더 이상 얘기가 풀리지 않는 상황이었다. 조 팀장은 두 손으로 자신의 뒷목을 감싸며 박 형사를 바라봤다. 박 형사는 조 팀장과 눈을 마주치지 않은 채 창밖만 바라봤다. 박 형사의 낡은 점퍼에서 커피와 담배로 찌든 냄새가 풍겼지만, 조 팀장은 불쾌한 티를 내지 않으려 노력했다.

"박 형사, 알았어. 알았다고. 이번 수사 자네가 혼자 움직여도 좋아. 박 형사가 주장하는 자네만의 방식대로 해도 좋고. 다만, 크게 문제될 거리만 만들지 말고."

강지민이 안타고니아에 수감되고 2개월이 흐른 뒤였다. 수감된 죄수들이 갑작스레 사망하는 사고가 연달아 발생했다. 한 달간 총 열 명이 사망했는데, 사인은 모두가 심장마비였다. 한 해에 두어 건 남짓 발생했던 심장마비 사망 사고가 갑자기 증가한 상황을 우연이라 보기는 어려웠다. 또한, 죄수들이 심장마비로 사망할 때마다 안타고니아 보안 시스템에는 외부로부터의 침입 흔적이 발견되었다. 그러나 침입 경로나 세세한 방법을 찾기는 어려웠다.

"진척 사항 생기면 나한테 보고하는 것 잊지 말고. 아니,

특별한 진척 없어도 보고는 잘하고. 알았지!"

박 형사는 별다른 대답 없이 목례만 하고는 회의실을 나갔다. 조 팀장은 주머니에서 작은 향수병을 꺼내어 공중에 두 차례 뿌리고는, 어딘가로 전화를 걸었다.

"네, 의원님. 걱정하지 마십시오. 저희 청 에이스를 붙였습니다."

Scene #7. 빨대

강원도 홍천의 외딴 농가. 삭발한 머리에 기괴한 문신을 한 남자 곁에 박 형사가 앉아 있다.

"빨대야, 너 안타고니아 로그들 분석 끝냈지? 결과 풀어 봐라."

"형님, 근데 제가 그런 로그 뜯어 봐도 괜찮아요? 저 이러다가 잘못되면……."

"너, 내가 쥐고 있는 것 다 풀어 버리면 다시 감옥 가는 거 알지? 이번에는 그냥 감옥이 아니고 안타고니아야."

"아이, 이 형님이 정말!"

순간 잠시 정적이 흘렀다. 빨대는 부릅뜬 눈으로 박 형사를 잠시 노려봤다. 박 형사는 빨대의 어깨를 감싸 안으며 말을 이었다.

"아, 내가 말이 좀 심했다. 근데 빨대야, 이번이 정말 마지막이다. 이 사건만 해결하고, 나도 지긋지긋한 이 부서 뜨려고 해. 한 번만 같이 해 보자."

"좋아요. 형님이 약속은 지키는 사람이라고 생각하니."

빨대는 테이블 위에 세로로 매달린 대형 모니터에 파일 하나를 띄웠다.

"안타고니아를 침입했던 해커가 처음부터 얼쩡대던 곳이 있어요."

"그게 어딘데?"

"자, 여기 좀 보세요. 이게 보안 등급이 가장 높은 곳인데, 이쪽 방을 뚫으려다가 안 된 것 같거든요."

"그 방에 누가 있는데?"

"시시포스요."

"시시포스? 그게 뭔데?"

"아, 참, 형님은. 시시포스가 누구라뇨? 시시포스가 그 전설의 해커 강지민이잖아요. 강지민이 해커 커뮤니티에서 쓰던 닉네임 중 하나가 시시포스였어요."

빨대는 박 형사에게 강지민의 해킹 실력과 소문에 대해 이런저런 이야기를 풀어놓았다.

김상균

"그런데 강지민이 워낙 은둔형이어서, 개인적으로 아는 사람이 거의 없어요. 그나마 VR챗에 자주 출몰했다고는 하더라고요."

"VR챗, 그게 뭐야?"

"형님은 무슨 지능 범죄 수사한다는 분이 VR챗도 모르세요?"

"잔말 말고, 설명해 봐."

"휴, VR챗은 일종의 디지털 현실이라고 보면 되는데, 아, 영화 〈레디 플레이어 원〉은 알죠? 그 스필버그 감독이 만들었던. 그거랑 매우 비슷해요! VR챗에 보면 학교, 술집, 카페, 공원, 우주정거장, 박물관, 결투장, 아무튼 뭐 없는 게 없는데, 제가 수소문을 해 보니 강지민이 VR챗에 자주 나타났다고 하더라고요."

"그래서, 뭐 단서 될 만한 건 좀 건졌어?"

빨대가 다른 파일을 띄웠다. 시시포스와 다른 이의 대화 기록이 담긴 문서였다.

"이게 뭐야?"

"형님, 이게 뭐긴요. VR챗 서버에서 제가 시시포스의 대화 기록을 좀 가져왔습니다."

"뭐? 그럼, 해킹이라도 했다는 거야?"

"……."

"그래, 잘했다!"

"근데, 대화 기록이 이미 날아간 것도 있고, 또 안 뚫리는 곳도 있어서, 전체 대화는 아닙니다. 그리고 제가 미리 좀 살펴보니까 시시포스랑 대화를 많이 했던 아이디가 하나 걸리더라고요. 여기, 포르라는 아이디요."

"포르?"

"네, 'Faure'라고 쓰인 아이디요."

"잠깐, 시시포스는 그리스 신화에 나오는 인물이잖아? 그 뭐야, 신을 속였다는 벌로 바위를 계속 언덕 위로 밀어 올리는 남자. 그런데 포르는 뭐야? 무슨 뜻이야?"

"아, 그건 저도 모르죠. 근데, 그게 뭐, 중요한가요?"

박 형사가 왼손을 빨대 쪽으로 들어 올렸다. 빨대는 입을 다물었고, 박 형사는 화면을 직접 스크롤 하며 대화 기록을 살폈다.

Scene #8. 시시포스와 포르

빨대가 해킹한 VR챗 대화 기록. 시시포스와 포르가 나눈 대화의 조각들이 올려져 있었다.

김상균

<조각 1의 일부>

시시포스   근데 포르 님은 참 특이해요.

포   르   뭐가요?

시시포스   사람들은 보통 이 정도면, 실제 내가 누군지 궁금해하던데.

포   르   뭐, 더 궁금한 것이, 시시포스 님은 VR챗에 이렇게 실재하잖아요.

시시포스   실재요?

포   르   네, 여기 실재하니까, 실제 어떤 사람인지는 궁금하지 않아요.

시시포스   실재, 실제, 재밌네요.

포   르   그리고 시시포스 님도 제가 바깥세상에서 어떤 일 하는지 물어보신 적 없잖아요.

시시포스   그렇긴 하죠. 그런데 바깥세상, 그것도 재밌네요. 그러면 여기가 안 세상이네요.

포   르   그런가요?

시시포스   밖이 아닌 안이라……

<조각 2의 일부>

시시포스   근데 포르 님 딸아이는 좀 괜찮나요?

포   르   아마도 오래 버티지는 못할 것 같아요.

시시포스   딸아이가 앓고 있다는 희귀 혈액암, 그게 치료제가 없는 거죠?

포   르   네, 이런저런 치료를 다 해 봐도 통하지 않네요.

시시포스   그런데 제가 좀 알아보니까 갤럭시파머시에서 치료제를 개발하고 있다던데요. 임상 실험 중이지만.

포   르   저도 의사로부터 그런 말을 듣기는 했어요. 근데, 임상 실험 조건이 워낙 까다로워서…….

〈조각 3의 일부〉

포   르   담당 의사가 얼마 전에 흘리듯이 이런 말을 하더라고요. 인간이 앓고 있는 모든 병에 관해 치료제가 있다면, 좀 이상하지 않겠냐고. 신화 속 시시포스처럼 신을 기만하는 게 아니겠냐고…….

시시포스   아, 무슨 그런 말을…….

포   르   저랑 친한 분이고, 또 그분도 너무 답답해서 그랬겠죠.

시시포스   아무리 그래도…….

포   르   삶이 원래 그런 것 같다는 생각이 들어요. 끝없이 반복해도 제자리이고, 한없이 노력해도 풀어내지 못하는 부분이 있잖아요.

시시포스   아, 포르 님…….

포   르   저는 사람들을 지키고 싶었어요. 그래서 제게 참 버겁

김상균

지만, 제 직업을 택했고요. 그런데 돌아보니 제가 정말

지키고 싶었던 사람조차 지키지 못하고 있네요.

시시포스   포르 님, 돌아가신 아내분이 또 생각나시나 보네요.

포   르   네, 아내도 못 지켰는데 이제 딸까지.

〈조각 4의 일부〉

시시포스   포르 님, 얼마 전 인터넷에서 무슨 성향 검사하는 게 있

어서 재미 삼아 해 봤는데, 이런 질문이 있더라고요.

포   르   어떤 질문이요?

시시포스   당신이 모든 걸 털어놓을 수 있는 친구가 몇 명이냐는.

포   르   시시포스 님은 몇 명인데요?

시시포스   저는 한 명이라고 답했어요.

포   르   오, 한 명이요!

시시포스   왜요? 너무 적나요?

포   르   아뇨. 한 명이라도 있으면 참 행복하죠.

시시포스   근데, 그때 제가 떠올린 한 명이 포르 님이었어요.

포   르   저요?

Scene #9. 편지

강지민에 관한 판결이 나고 한 달 뒤, 김해일 판사의 자택

으로 발신지가 적혀 있지 않은 편지가 도착했다.

포르 님, 안녕하세요?

저 시시포스입니다.

이게 포르 님에게 보내는 마지막 연락이네요.

제가 숨긴다고 해도, 말하지 않는다고 해도, 언젠가는 다 아실 것 같아서 이렇게 편지를 보내요.

바깥세상에서 저는 강지민이라고 불려요.

제 실제 얼굴은 재판 과정에서 이미 보셨겠네요.

포르 님이 바깥세상에서 어떤 이름으로 살아가는지를 알게 된 건 제가 경찰에 체포되기 직전이에요.

정확하게 말하면, 곧 체포될 것 같아서 포르 님이 누구 인지를 찾았고, 이 편지를 미리 썼어요.

제가 판결을 받고 한 달 정도 뒤에 포르 님이 이 편지를 받도록 준비했어요.

제가 물어본 적은 없지만, 당신의 아이디 포르는 카뮈의 아내였던 프랑신 포르라고 짐작해요.

포르가 카뮈를 품어 줬 듯이 당신은 저를 품어 줬어요.

바깥세상에서 저는 마음 둘 곳이 없었어요.

포르 님은 제게 마음을 둘 방이었어요.

김상균

그런데 어느 순간부터 포르 님이 무너지고 있다는 생각이 들었어요.

저는 그런 포르 님을 지키고 싶었어요.

저는 제 방을 지키기 위해 이기적으로 해킹을 했어요.

그게 전부이니, 절대로 다른 생각이나 고민 하지 않으시길 부탁드려요.

제게는 밖이 없었어요. 그래서 늘 네트워크의 안에만 숨어 있었어요.

그리고 이제껏 수없이 많은 곳을 해킹했는데, 돈을 벌려고, 때로는 제 실력을 과시하고자 그렇게 살아왔어요.

포르 님과 대화를 나누면서, 포르 님이 삶과 세상을 바라보는 관점을 들으면서, 제가 지어 온 죄가 참 부끄럽게 느껴졌어요.

돌이켜 보니 이제까지 제가 지은 죄의 무게가 얼마나 될지 가늠을 못 하겠네요.

제가 갤럭시파머시를 해킹한 것도 역시 범죄가 맞아요.

그 범죄에 관한 벌은 제가 받을 거고요.

그러나 제가 저지른 범죄가 세상에는 빛이 되는 부분도 있으리라 생각해요.

그 빛이 내리는 곳에 포르 님이 서시면 좋겠어요.

포르 님은 저뿐만 아니라, 다른 이들, 많은 이들에게 든
든하고 포근한 방이 되어 주실 분이라고 생각해요.

⋮

편지를 다 읽은 김해일 판사는 바닥에 주저앉았다. 강지
민이 해킹하여 인터넷에 공개한 제조법을 통해 은밀하게 제
조된 약들이 시중에 퍼져 있었다. 김해일은 그 약을 구매해
서 딸아이를 살릴 수 있었다. 김해일에게 강지민은 은인이었
다. 처음부터 강지민은 김해일의 아이를 살리기 위해 갤럭시
파머시를 해킹했던 것이다. 그러나 재판장에서 김해일은 강
지민에게 안타고니아 수감을 선고했다. 법리적으로 다른 판
단의 여지가 없었다.

'강지민, 강지민이 시시포스였다니. 그럼 강지민, 아니 시
시포스는 내 딸아이를 위해 갤럭시파머시를……'

Scene #10. 해방자

습하고 어두운 지하실. 머리에 커다란 접속 장치를 뒤집
어쓴 남자가 릴랙스 체어에 기대어 앉아 있었다. 접속 장치
옆면에는 'Antagonia Test Device 006'이라는 스티커가

김상균

붙어 있었다. 남자는 안타고니아 보안 레벨 4단계의 죄수가 수감된 지역에 접속을 시도하고 있었다.

'처음에 개발했던 구조에서 여기도 크게 바뀐 것은 없는데……'

남자가 보안 레벨 1, 2, 3단계를 거쳐서, 이제 4단계 지역까지 도달하는 데 성공하는 순간이었다. 남자가 사용하는 접속 장치는 안타고니아에 수감된 죄수들이 사용하는 장치의 초기 모델이었다. 남자는 접속 장치를 통해 보안 레벨 4단계의 죄수가 경험하는 상황으로 들어가 있었다. 남자의 곁에는 침대에 누운 채 강제로 음식을 먹고 있는 여자가 있었다. 여자의 몸은 거대하게 부풀어 있었고, 피부는 성한 곳이 없을 정도로 곪아 터져서 진물이 흐르고 있었다. 여자는 머리카락이 베개에 짓이겨져 빠질 만큼 머리를 강하게 흔들며 입으로 들어오는 음식을 뱉어 내려 애를 썼으나 소용이 없었다.

'올해 초에 수감된 사람이구나. 유독성 공업용 재료로 음식을 만들어서 대규모로 유통하다가 잡힌 사람.'

안타고니아 접속 장치는 죄수들이 같은 상황에서 슬픔, 불안, 공포, 분노, 실망 등을 더 강하게 느끼도록 뇌의 특정 영역을 자극하는 기능이 있었다. 그러나 안타고니아 개발 초창기에 그런 자극이 일정 수준을 넘어설 경우 죄수의 교감신경에 문제가 생기는 현상이 발생하여 접속 장치에는 자극의 한계치가 60으로 정해져 있었다. 안타고니아 관련 법에서는 안전을 고려하여 죄수들에게 실제로 가해지는 자극의 최대치를 30으로 정하고 있었다. 그런데 어쩐 일인지, 여자에게 전달되는 자극 수치는 50에 근접하고 있었다.

'왜 자극 수치가 50까지 올라가지? 이상하다. 분명히 법으로 정한 수치는 30인데……'

남자는 여자가 안타고니아에서 쓰고 있는 접속 장치를 해킹하기 시작했다. 개발 초기에 만들었던 테스트용 함수가 여전히 안타고니아 시스템에 남아 있어서, 그리 어려운 작업은 아니었다. 해킹을 통해 한계치를 풀어 버리고, 여자에게 95의 자극을 가하기 시작했다. 잠시 후 침대에 누워 있던 여자는 가슴에 심한 압박감을 느끼며 몸부림치더니 이내 고요해졌다.

'그래, 이렇게 또 한 명을 풀어 줬다. 이제 4단계까지 갔으니, 5단계도 가능할 거야. 조금만 더 기다리길……'

Scene #11. 프랑신 포르

초췌한 모습의 박 형사가 빨대의 아지트에서 담배 연기를

96   김상균

뿜어내고 있었다.

"형님, 아무래도 안타고니아 쪽 사람과 관련이 있을 것 같아서, 제가 그쪽을 좀 뒤져 봤어요."

"지난번에 내가 건네준 안타고니아 운영진들을 뒤져 본 거야?"

"네, 처음에는 거기부터 시작했는데, 아무래도 그쪽에서는 뭐 특별한 게 없더라고요. 그래서 제가 안타고니아 소스 코드를 좀 분석해 봤어요."

"뭐, 소스 코드? 그런 자료를 준 적이 없는데, 너 혹시?"

"아, 지금 그게 중요한 게 아니잖아요. 이번 사건 빨리 해결하자고, 이번 사건만 끝나면 나도 놓아준다고 했고……."

"하, 알았어. 그래서 뭘 찾았는데?"

"소스 코드를 보면 개발자들이 자기 아이디로 주석 달아 놓은 것들이 있거든요."

"그게 뭔데?"

"그러니까 한 명이 안타고니아를 만드는 게 아니니까, 여러 개발자들이 서로 알아보기 쉽게 이런저런 메모를 소스 코드에 넣기도 하는데, 그럴 때 이름 대신에 닉네임, 아이디 같은 것을 함께 남기기도 해요."

"그래서?"

"자, 여기 보세요. 제가 소스 코드에 등장하는 닉네임, 아이디를 강지민, 그러니까 시시포스랑 관련해서 싹 뒤져 봤어요. 해커가 처음부터 강지민 근처에서 얼쩡거렸으니, 뭔가 관련이 있을 것 아닙니까. 그러다가 이걸 찾아냈어요!"

— Francine —

"그게 뭔데?"

"아, 일단 어떻게부터 들어 봐야죠. 닉네임, 아이디들에서 시시포스랑 연관성을 찾다 보니, 여기 프랑신이라는 아이디가 시시포스랑 딱 관련이 있더라고요."

"프랑신? 그게 무슨 뜻인데?"

"아, 그게 뜻이 아니라, 사람 이름입니다. 프랑신 포르!"

"포르? 그 VR챗에서 시시포스랑 친했던 사람?"

"빙고! 맞아요 프랑신 포르에서 프랑신이 이름이고, 포르가 성이죠."

"그래서 프랑신, 그게 누군데? 개발자 누구야?"

"자, 여기요. 놀라지 마세요."

빨대는 화면에 이력서 한 장을 띄웠다. 이력서에는 20대 중반 정도로 보이는 남자의 사진이 붙어 있었다.

98 　　　　　　　　　 김상균

"어, 이 사람은······."

"맞아요, 형님. 이 사람 김해일 판사입니다."

"뭐? 강지민 사건 판결한 김해일 판사라고? 이 사람이!"

빨대는 김해일 판사의 과거 이력을 풀어냈다. 김해일 판사는 대학에서 컴퓨터공학을 전공한 프로그래머였다. 중학교 시절 국방부 네트워크를 해킹했을 정도로 컴퓨터 분야에서 천부적인 실력을 갖춘 이였다. 대학 졸업 후 안타고니아 초기 시스템 개발에 참여했으나, 안타고니아가 본인의 뜻과는 다른 방향으로 만들어지는 것에 반대하다가 쫓겨나듯이 개발을 그만두었다.

"아마도 김 판사가 개발을 그만두고 나오면서 초기 버전으로 만들었던 접속 장치를 갖고 나온 것 같아요. 해커, 아니 우리 같은 개발자들은 보통 좀 그런 게 있거든요. 나중에 꼭 뭐 어디에 쓰지 않더라도, 내가 개발했던 장비나 코드에 애착이 많거든요."

"그러면, 김 판사가 장비, 그러니까 그 접속 장치를 갖고 있고, 그걸 가지고 지금 외부에서 안타고니아에 침투했다는 거야?"

"네, 뭐 물론 그 장치만 있다고 해서 접속이 되는 건 아니죠. 그런데 김 판사가 국방부를 뚫었을 때를 생각해 보면, 충분히 가능하죠."

박 형사는 의자를 뒤로 밀고는 담배에 다시 불을 붙이고, 몸을 깊게 기대었다.

"형님, 이제 사건 끝이죠?"

"……."

"형님, 이제 해커 잡은 거니까, 김 판사가 범인이라고 보고하면 끝이잖아요?"

"내가 알아서 할 테니까 너는 이제 빠져."

"네? 형님 혹시 무슨 딴 생각하는 건 아니죠?"

"……."

"형님!"

"……."

"그런데 빨대야, 프랑신 포르가 원래 누구의 이름이야?"

"아, 안 그래도 나도 궁금해서 찾아봤는데요. 난 무슨 전설적 해커나 슈퍼 히어로로 이름인가 했는데, 그건 아니고, 카뮈인가? 그 작가 아내였던 사람이더라고요. 저도 잘 몰라서 위키피디아 뒤져 봤더니 대략 이런 게 있더라고요. 여기 보세요."

"음, 근데, 문장이 왜 이래?"

"아, 그게 제가 영어가 좀 약하잖아요. 그래서 위키 내용을 번역기로 돌려 본 건데, 대충 내용만 보세요."

김상균

<프랑신 포르>

프랑신 포르는 바흐를 전문으로 하는 프랑스의 피아니스트였다. 그녀는 또한 수학자였다. 그녀는 알베르 카뮈의 두 번째 부인이었다. 그들은 1940년 12월 3일 리옹에서 결혼했다. 결혼 생활 중 프랑신은 우울증으로 병원에 입원했으며, 인슐린과 전기 충격 요법이 여러 번 처방되었다. 그녀는 발코니에서 몸을 던지기도 했다. 그녀의 우울증은 남편의 끊임없는 불륜 때문이었다. 노벨상을 받은 직후, 알베르 카뮈는 프랑신의 사촌인 니콜 샤페론에게 보낸 편지에서 프랑신의 관대함에 감동을 받았다고 말했으며, 프랑신이 그를 용서했다고 적었다.

"저는 뭐 그쪽 분야는 잘 모르지만, 포르라는 사람 대단한 것 같아요. 참 속이 좋아요. 이건 뭐⋯⋯."

"잠깐, 그러면 시시포스는 뭐야? 네가 아까 그랬잖아. 시시포스랑 관련된 이름이 프랑신 포르라고."

"아, 그게, 카뮈가 쓴 소설 중에 『시지프 신화』라는 책이 있더라고요. 시지프가 시시포스인가 봐요. 뭐, 잘은 모르지만, 인터넷 좀 뒤져 보니까 그 책이 카뮈의 철학을 다 담고 있다고 하더라고요."

"대체 이게⋯⋯."

"저도 더 이상은 몰라요. 궁금하면 형님이 더 찾아보세요. 근데 그냥 아이디일 뿐인데, 뭐 큰 의미가 있겠어요?"

Scene #12. 밖과 안

"제가 낮에 시간이 안 돼서 이렇게 밤에 뵙자고 했습니다. 죄송합니다."

"아닙니다, 판사님. 제가 너무 급하게 졸랐죠. 이렇게 집까지 찾아와서 죄송합니다."

"뭐, 이제는 판사도 아닌데……."

어둠이 내린 창밖에는 차들이 분주히 움직이고 있었다. 박 형사는 김해일 판사의 집 거실에서 창밖을 바라보며 김 판사와 대화를 나누고 있었다.

"설명해 드린 대로 안타고니아 죄수들이 연달아 심장마비로 사망하고 있습니다."

"그런데 그 문제를 왜 제게 물어보시죠?"

"이 사건 초기부터 좀 이상한 부분이 감지돼서요."

"……."

"강지민 기억하시죠? 판사님께서 판결하신 사건 있잖아요. 마지막 사건, 갤럭시파머시 해킹 사건이요."

"물론, 기억하죠. 그런데요?"

"수사 팀은, 아니 저는 처음부터 침입자가 강지민을 목표로 하고 있다고 생각합니다. 그래서 이 사건을 다뤘던 판사님께서 혹시 해 주실 얘기가 없을지, 좀 들어 보려고 왔습니다."

"음, 이상하군요. 강지민 사건 자체라면, 뭐, 판결했던 저보다는 담당 검사에게 물어보는 게 더 좋지 않을까 하는데요."

"아, 물론 그렇기는 합니다. 그런데……."

"……."

"이유를 모르겠어서요."

"네? 이유라뇨?"

"침입자, 그러니까 해커가 결국 강지민을 죽일 것 같은데, 지금까지는 강지민이 있는 보안 레벨 5단계를 뚫기 위한 준비 과정이라 보거든요. 조만간 5단계를 뚫고 들어가면 강지민을 죽일 텐데, 그 부분이 이해가 안 돼서요."

"무슨……."

"왜 강지민을 죽이냐는 겁니다."

"그걸, 왜 내게 물어보는 거죠?"

"뭐, 검사야 범죄자의 죄만 들여다보니까 아무래도 판 전체를 읽고 판단하는 판사님과는 시선이 다를 것 같아서요. 그래서 판사님 의견을 들어 보고 싶었던 겁니다. 대체 어떤 사람이 왜 강지민을 죽이려고 하는지."

"형사님이 언급했던 침입자에 대해서는 뭐 건진 게 없나요?"

"네, 뭐 아직은⋯⋯."

김 판사는 대꾸 없이 주방으로 걸어갔다. 박 형사는 몸을 틀어 김 판사의 움직임을 살펴봤다. 김 판사는 머그잔에 차를 담아서 박 형사에게 내밀었다.

"캐모마일입니다. 형사님께 커피 냄새가 많이 나기는 하는데, 그래도 캐모마일 드시는 게 좋을 것 같아서요."

"네?"

"불면증 있으실 것 같아서, 뭐 저도 그렇지만요."

"아, 네. 뭐 잠을 좀 못 자기는 합니다."

"잠을 잘 못 이루는 사람들은 크게 두 부류입니다. 한쪽은 욕심이 너무 많은 사람들입니다. 그 욕심 때문에 잠자리에 누워서도 마음이 가라앉지 않아서 마음을 쉬게 하지 못하거든요."

"다른 부류는⋯⋯."

"죄지은 사람들입니다. 본인이 죄를 지었어도 마음에 거리낌이 없는 이들은 물론 잘 자지만, 본인이 지은 죄를 온전히 알고 있는 사람들은 잠을 잘 못 이룹니다."

"그럼, 저는⋯⋯."

김상균

"제가 보기에 형사님은 반반 같네요."

"네? 그렇다면 제가 욕심도 많고, 죄도 지은 사람이라는 말씀인가요?"

"그렇기는 한데, 생각하신 그런 의미는 아닙니다. 사건을 완벽하게 해결하고 싶으시잖아요. 그냥 범인을 잡고, 검찰에 넘기는 것이 아니라, 본인이 납득 가능하게 완벽히 풀어내고 싶은 욕심, 그러지 못하면 본인이 죄를 짓고 있다고 생각하는 사람, 형사님은 그런 사람 같아서요."

"뭐, 독심술도 아니고. 그렇다면 판사님은 어떤 쪽이신데요?"

"저는……."

"……."

"저는 죄를 지은 쪽이죠. 저로 인해 많은 이들이 고통을 받고 있으니까요."

"그게 무슨 말씀이죠? 판사님은 죄지은 이들에게 벌을 내려서 피해자들의 고통을 덜어 주는 사람 아닌가요?"

"뭐, 그러고 싶기는 했습니다."

"과거형으로 말씀하시네요?"

"제가 지은 죄는 과거부터 현재까지 이어지고 있다고 생각합니다."

"무슨 죄를 지었다는 말씀이신지······."

박 형사의 얼굴을 바라보며 대화하던 김 판사는 몸을 틀어 창밖을 응시했다.

"지옥을 만들었죠. 처음부터 지금까지······."

"지옥이요?"

"······."

"음, 그런데 판사님은 지금 안타고니아에서 죄수들을 죽음으로 몰아넣는 침입자가 죄인이라고 생각하십니까?"

"이상한 질문이네요. 당연히 죄인이죠. 사람들을 죽이고, 아니 죽게 만들고 있잖아요."

"그렇다면, 그 침입자는 본인이 죄인임을 알면서도 사람들을 죽이고 있는 건가요?"

"그렇겠죠. 근데······."

"근데?"

"때로는 어쩔 수 없이 지어야 하는 죄가 있을 수도 있으니까요."

"그게 무슨 말씀이죠?"

"저는 이 세상이 둘이라고 생각합니다. 이 모습으로 살아가는 밖, 그리고 아바타로 살아가는 안, 이렇게요."

"······."

김상균

"밖과 안은 연결됐으면서도 분리될 때가 아름답다고 생각하는데, 어느 순간 그 균형이 무너져 버린 것 같아요."

"그게 무슨 말씀이신지. 혹시, 안타고니아 말씀이신가요?"

"……."

"무슨 말씀을 하시는지 잘 모르겠지만, 그 얘기와 어쩔 수 없이 지어야 하는 죄가 무슨 관련이 있는 건가요?"

"그 깨어진 균형, 그 균형을 맞추기 위해 죄를 짓는 상황을 말씀드린 겁니다."

"대체 무슨 말씀이신지……."

"박 형사님, 우리는 모두 각자의 세상에서 살고 있다고 생각합니다. 사람들은 모두 자신만의 세상을 사는 거죠. 박 형사님이 사는 세상과 제가 사는 세상도 이렇게 각자 흘러가면 되고요."

"이대로 흘러간다니, 그게 무슨……."

"……."

"판사님은 어디에서 사시는데요?"

김 판사는 머리 한쪽을 손으로 감싸며, 눈살을 찌푸렸다.

"아, 박 형사님. 죄송한데, 오늘은 여기까지만 하시죠. 제가 몸이 좀 안 좋아서요."

"아니, 그래도 좀 더……."

"죄송합니다. 다음에⋯⋯."

박 형사는 느린 걸음으로 현관을 향해 걸어갔다. 신발을 신고 현관문을 손에 잡은 채 다시 입을 열었다.

"강지민에게는 죽음이 최선일까요?"

"⋯⋯."

"안타고니아에서 벗어나기 위해 죽는 게 최선일지⋯⋯."

"형사님이라면 어떨 것 같습니까?"

"⋯⋯."

"그 최선을 누군가가 결정하기는 참 어렵고, 무겁죠. 누군가 그걸 결정한다면, 그 자체가 죄일 겁니다. 그런데 아마도 그 누군가는 안타고니아에서 사람들을 해방시켜 주고 싶었을지도 모르겠네요."

"해방이요?"

"아, 죄송한데 제가 몸이 좀 고되네요."

박 형사는 말을 더 잇지 않고 현관 밖으로 나섰다. 안과 달리 싸늘한 기운이 몸을 감싸 왔다.

Scene #13. 다낭

"이게 무슨 개 같은 경우입니까!"

김상균

"박 형사! 말 좀 가려서 하지!"

"이 상황에서 못 할 말이 뭐가 있습니까? 지금 사건에서 나를 빼려고 하는 거잖아요!"

"아니, 그게 아니라니까."

조말금 팀장의 사무실. 소파에 앉아 있는 조 팀장 곁에 박성균 형사가 서 있었다.

"자, 박 형사. 그렇게 흥분만 하지 말고 좀 앉아 봐."

"지금 내가 흥분 안 하게 됐어요? 갑자기 뭐, 다낭으로 가라고요?"

"물론, 박 형사 입장에서는 오해할 만해. 근데, 그런 게 아니라니까. 자네도 소문은 들었을 거 아냐? 고위층 몇 명이 최근에 암호 화폐 관련해서 크게 사기를 당했다는 거. 근데 관련 조직이 베트남 다낭 쪽에 있다는 첩보가 들어왔어."

"근데, 왜 하필 중요한 사건을 파고 있는 제가 가야 하나고요?"

"거참, 고위층이 관련된 사건이라고. 그리고 사건의 특성상 상부에서 자네를 수사에 투입해 달라고 했다니까."

박 형사는 소파 한쪽에 털썩 앉아서는 탁자에 놓인 주스병을 열고 한 번에 입 속으로 털어 넣었다.

"한 2, 3주만 다녀와. 그래야 나도 면이 서잖아? 자네를 투입하라고 난리인데, 그냥 뭉개고 있기는 힘들어. 작년에도 박 형사가 비슷한 사건을 혼자서 다 해결했잖아. 안 그래?"

"……."

"그동안 안타고니아 사건은 그냥 묵혀 두고 있을게. 다른 쪽으로 넘기거나 하지 않을 거야. 알겠어? 그리고 뭐, 이제까지 딱히 대단한 단서를 건진 것도 없는데, 다녀와서 다시 천천히 파 보면 되잖아?"

"음……."

"박 형사, 그렇게 합시다! 응?"

"좋습니다. 근데, 안타고니아 사건은 정말 이대로 그냥 두세요. 괜히 돕는다고 하면서 다른 애들 끼워 넣지 말고요. 약속하시는 거죠?"

박 형사는 조 팀장에게 확답을 듣고는 떨떠름한 표정으로 방을 나섰다. 박 형사가 방을 나서고 얼마 뒤, 조 팀장은 향수를 공중에 두어 차례 뿌리고는 누군가에게 전화를 걸었다.

"네, 말씀하신 대로 잘 조치했습니다. 박 형사가 나가 있는 동안 일을 마무리하면 될 것 같습니다. 뭐, 박 형사가 앞뒤 안 가리고 뛰는 스타일이기는 하지만, 어쩌겠습니까?"

[음, 그래그래, 잘됐네.]

"네, 의원님, 그리고 뒤탈 안 나게, 정보원에게 약속한 부분은 마무리가 잘되도록 안타고니아 측에……."

[그 부분은 염려하지 마. 별일도 아닌 데 뭐, 내가 바로 처리해 줄게.]

Scene #14. 해방

습하고 어두운 지하실. 머리에 커다란 접속 장치를 뒤집어쓴 김해일 판사가 릴랙스 체어에 기대어 앉아 있었다. 접속 장치 옆면에는 'Antagonia Test Device 006'이라는 스티커가 붙어 있었다.

'이제 드디어 5단계 영역이구나. 시시포스 님, 조금만 기다려 주세요.'

잠시 후 포르의 눈에 시시포스의 모습이 나타났다. 가로 1.8미터, 세로 0.7미터, 높이 1.8미터의 공간. 출입구, 창문이 없는 공간. 별도의 조명 장치가 없이 성냥 한 개비를 켠 정도의 어두운 바닥에 시시포스가 쪼그리고 앉아 있었다. 시시포스의 눈에는 초점이 없었다. 포르가 시시포스의 앞에 마주 앉았으나, 시시포스의 눈에는 포르가 보이지 않았다.

'시시포스 님, 나 여기에 있어요. 당신에게는 제가, 이 포르가 보이지 않겠지만요.'

시시포스의 입술은 온통 피딱지로 덮여 있었다. 희미한 어둠 속에 보이는 시시포스의 손등은 거칠게 터져 있었고, 열 손가락 끝은 모두 손톱이 안 보일 정도로 닳아 없어진 채 피가 흐르고 있었다. 포르가 쓰고 있는 접속 장치 옆으로 눈물이 흘러내렸다.

'시시포스 님, 이제 다 끝입니다. 여기서 이렇게 끝을 맺게 해서 정말 미안합니다. 제가 시시포스 님에게 해 드릴 수 있는 게 이것뿐이어서, 정말, 정말 미안합니다. 저를 원망해 주세요.'

안타고니아 보안 레벨 5단계 지역에 위치한 캡슐에 누워있는 강지민. 얼마 후 강지민이 호흡이 어려운 듯 숨을 헐떡였다. 고통스러운 표정이 순간 얼굴에 나타났으나, 잠시뿐이었다. 강지민은 미동도 없는 평온한 모습으로 돌아갔다. 그 순간, 어둡고 좁은 공간에 갇혀 있던 시시포스는 사라져 버렸다.

안타고니아 국장실. 안타고니아 운영을 총괄하고 있는 안 국장은 김 의원, 장 의원과 함께 디지털 트윈으로 복제된 안타고니아를 바라보고 있었다.

"안 국장, 강지민이 사망한 거 맞죠?"

"잠시만요, 장 의원님."

안 국장은 캡슐 모니터링 시스템에 접속해서 강지민의 생

김상균

체 신호를 확인했다. 강지민의 호흡과 맥박 등은 모두 멈춘 상태였다.

"네, 확실히 사망했습니다."

"허허, 잘됐구먼! 그럼, 그 누구야, 김해일이 그 친구도 죽은 것 맞지요?"

"네, 장 의원님. 김 판사도 사망한 것 맞습니다. 일전에 말씀드린 대로 김 판사가 안타고니아 죄수들을 죽인 것과 같은 방법으로, 저희 측에서도 역으로 김 판사의 접속 장치를 조작해서 자극을 한계치 이상으로, 그러니까 최대치로 보냈습니다."

"다행이구먼. 해커, 그러니까 그 김 판사가 안타고니아를 휘젓고 다니면서 죄수들을 죽여 대는 바람에 김 의원님하고 내 입장이 난처했다니까. 일부 의원들이 또 안타고니아가 인권에 문제가 있다는 둥 안전이 허술하다는 둥 시끄럽게 떠들어 대서⋯⋯."

팔짱을 낀 채 옆에서 잠자코 듣고만 있던 김 의원이 입을 열었다.

"근데, 김 판사는 대체 어디서 안타고니아에 접속해 온 거야?"

"아, 의원님. 안 그래도 제가 청장을 통해서 수사를 지휘하는 조말금 팀장, 그리고 저희 쪽에 정보를 흘려 준 빨대라는 해커를 다시 압박해 봤는데요. 아무래도 위치 추적은 안 되는 것 같습니다."

"음, 그렇구먼. 그러면 김 판사는 나중에 누군가가 시체를 발견하면, 혼자 있다가 심장마비가 온 것으로 처리되겠지?"

"그럼요. 이제까지 김 판사가 죽인 여기 죄수들도 의사들이 모두 심장마비라고 판별했으니, 마찬가지입니다."

안 국장, 김 의원, 장 의원은 안타고니아에서 발생해 온 사망 사건들을 이렇게 덮고 싶었다. 시간을 더 끌어서 김 판사가 접속해 오는 장소를 특정하여 현장에서 그를 체포하자는 의견도 있었으나, 체포 후가 문제였다. 얼마 전까지 판사였던 사람이 안타고니아 죄수들을 죽여 왔다는 사실이 대중에게 알려지면, 여론이 어떤 쪽으로 튈지 가늠하기 어려웠다. 무엇보다 안타고니아의 안전성을 놓고 야당에서 거센 공격이 일어날 것이 뻔했다.

다음 날 몇몇 신문에 강지민이 심장마비로 사망했다는 짧은 기사가 올라갔다. 김 의원과 장 의원이 언론에 흘린 톱스타 배시우의 마약 스캔들이 각종 언론을 뒤덮으면서, 강지민의 소식을 다룬 뉴스는 대중의 눈길을 거의 끌지도 못했다. 박성균 형사는 강지민의 사망 소식을 다낭에서 인터넷 뉴스

김상균

를 통해 접했다. 조말금 팀장에게 전화해 보려 했으나, 조 팀장에게 딱히 물을 것도 따질 것도 없었다. 박 형사는 빨대에게 몇 차례 전화를 걸었으나, 계속 전원이 꺼진 상태였다. 김 판사에게 전화를 해 봐도, 신호만 갈 뿐 응답하지 않았다.

'대체, 뭐가 어떻게 되고 있는 거야? 김 판사가 기어이 강지민을⋯⋯.'

Scene #15. 아버지

박 형사가 다낭으로 떠나고 며칠이 지난 후. 김해일 판사가 강지민이 수감된 안타고니아 보안 레벨 5단계 지역에 접근하기 닷새 전. 어둠이 내린 한강 고수부지의 낡은 벤치에 조말금 팀장과 빨대가 나란히 앉아 있었다.

"빨대야, 너 내 말 명심해라. 우리가 이렇게 만난 거, 그리고 네가 우리에게 수사 내역 알려 준 거, 절대 박 형사에게 말하면 안 된다. 알았지?"

"네, 팀장님. 제가 미쳤다고 이걸 박 형사님에게 전하겠습니까? 제가 조 팀장님에게 강지민, 김 판사 관련된 내용 털어놓은 걸 박 형사님이 알면, 아마 저를 죽이려고 할 겁니다."

"그래, 그 친구 성격상 그럴 거야. 뭐 진짜 죽이지는 않더라도, 절대 네가 무사하지는 못할 거야. 아니, 박 형사가 가만히 있어도, 우리 쪽에서 널 가만히 두지 않을 거다."

"그런데, 팀장님. 우리 아버지는 바로 풀어 주시는 것 맞죠?"

"그래, 뭐 특별히 어려운 일도 아니고……."

"……."

"일단 내일 풀려날 거야. 건강 악화로 외부 병원에 치료차 나가는 것으로 해서, 병원 쪽에서 두어 달 쉬다가 다음번 사면 발표 때 완전히 밖으로 나가게 될 거다."

"그런데, 사면이 정말 가능할까요?"

"그쯤에서 다른 시끄러운 일이 언론에 터질 거야. 그 틈을 타서 네 아버지랑 다른 사람 몇몇이 함께 조용히 사면될 거고."

"팀장님, 정말 감사합니다."

빨대의 아버지는 1년 넘게 안타고니아에 수감 중이었다. 빨대는 아버지를 안타고니아에서 빼 주는 조건으로 박 형사 모르게 조 팀장에게 수사 내역 모두를 건넸다.

"사실, 뭐 자네 아버지도 좀 억울한 면은 있잖아? 관련된 조직원들이 꽤 있었는데, 어쩌다 보니 다른 놈들은 다 빠져나가고 자네 아버지가 혼자 다 뒤집어썼으니……."

"……."

"자, 이제, 우리 더 볼 일은 없을 거야. 없어야 하고. 앞으로

김상균

이쪽에 얼쩡대지 않는 게 서로에게 좋겠지? 특히 박 형사 앞
에는 나타나지 말고."

Scene #16. 실체

　다낭에서 한국으로 복귀한 박 형사. 그사이 강지민은 심
장마비에 따른 단순 사망으로 처리되었고, 더 이상 안타고니
아에서 죄수가 심장마비로 사망하는 사건은 발생하지 않았
다. 박 형사는 김 판사의 집을 찾아갔으나, 이미 사람의 온기
는 사라진 상태였고, 어디에서도 김 판사의 흔적을 찾을 수
없었다.

　'대체, 김 판사는 어떻게 된 걸까? 어디로 간 걸까? 강지민
을 죽음으로 인도하고, 어디로 떠나 버린 걸까?'

　답답한 마음에 다시 빨대에게 전화를 걸었으나, 여전히
전화가 꺼져 있었다. 박 형사는 거실에 앉아서 홀로 소주잔
을 비우고 있었다. 테이블 위에는 이미 바닥을 드러낸 소주
병 서너 개가 널브러져 있었다. 그때 박 형사의 스마트폰에
메시지 알림이 떴다.

빨　　대　　형님, 아직 안 주무시네요? 새벽 두 시가 넘었는데.

박 형사는 고개를 좌우로 흔들며 취기를 떨쳐 냈다.

박 형사   너 지금 어디야?

빨 대   그건 말씀드리기가 좀…….

박 형사   너 혹시 근처냐? 내가 안 자는 건 어떻게 알고?

빨 대   형님 집이 1층이잖아요. 근처 CCTV 열어 보니 집에 불
                  이 켜져 있길래요.

박 형사   너 강지민 씨 사망한 거 알지? 근데 혹시 김 판사님 소
                  식은 뭐 아는 거 없어?

박 형사가 보낸 메시지에 달린 숫자 표시가 없어졌으나,
한동안 빨대의 대답은 없었다. 답답한 마음에 박 형사는 빨
대에게 전화를 걸었으나, 역시 전화는 꺼져 있었다. 한참 후
다시 빨대의 메시지가 도착했다.

빨 대   형님, 정말 죄송합니다. 정말.

박 형사   뭔 소리야? 말을 알아듣게 해 봐.

빨 대   제가 형님이 이번 사건 파는 걸 도와드린 이유가 사실
                  형님이 제 꼬투리를 잡고 있어서 그런 건 아니었어요.
                  형님도 제가 그런 게 아닌 건 아셨잖아요?

김상균

박 형사   갑자기 그런 얘길 왜 하는데?

빨 대   형님에게 고마운 게 많아서, 좀 도움이라도 될까 해서
         시작했던 건데……. 이건 정말 진심이었습니다.

박 형사   …….

빨 대   제가 사고 치고 학교에 들어갔을 때, 형님이 제 동생 병
         원비 다 내 주신 것 알아요.

박 형사   갑자기 쓸데없이 그런 얘기를…….

빨 대   형님, 저는 정말 진심이었어요.

박 형사   그래, 알았다. 알았어. 네 마음 알아.

빨 대   형님, 정말 죄송합니다.

박 형사   근데 자꾸 뭐가 죄송하다는 거야? 강지민 씨 그렇게
         된 게 네 잘못도 아니고.

빨 대   실은 형님, 그게 모두 다 제 잘못입니다.

빨대는 그간의 일 모두를 박 형사에게 털어놨다. 안타고
니아에 갇혀 있는 자신의 아버지를 풀어 주는 조건으로 조
팀장에게 수사 내역 모두를 건넨 사실을 털어놨다.

박 형사   너 이 새끼!

빨 대   형님에게는 입이 열 개여도 할 말이 없습니다. 다만, 아
         무리 제 아버지가 큰 죄를 지었어도, 저는 아버지를 그

속에 계속 둘 수가 없었어요. 사람들이 웃고 떠들면서 324번 채널을 볼 때마다 정말 괴로웠습니다.

박 형사　그럼, 혹시 324번 채널에서 늑대에 쫓기는 그 남자가 너의…….

한동안 메신저 창에는 대화가 이어지지 않았다.

박 형사　그런데 김 판사는 뭐 어떻게 된 거야? 연락이 안 되고, 집에도 없던데.

빨　대　그게, 조 팀장이 처음에 제게 연락이 온 다음부터 제가 좀 찜찜해서 조 팀장 스마트폰과 인터넷 계정을 다 해킹했었거든요.

박 형사　그래서 뭐 좀 알아냈어?

빨대는 조 팀장과 윗선이 연락했던 내용을 해킹해서, 처음부터 윗선은 강지민과 김 판사를 동시에 제거하고 이번 사건을 덮으려 한다는 것을 알아냈다. 그런 계획을 알면서도 자신의 아버지를 위해 그들에게 협조해야 했던 상황이 몹시 괴로웠다고 박 형사에게 고백했다.

　　　　　　김상균

박 형사	이제 와서 뭘 어떻게 해야 할지 모르겠네. 다 죽어 버리고, 남은 것도 없고.
빨 대	형님, 다 죽기는 했지만, 남은 게 없지는 않습니다.

빨대는 메신저를 통해 압축 파일을 보내왔다. 박 형사가 압축을 풀어 보니 안 국장, 김 의원, 장 의원에 관한 각종 정보를 담은 수십 개의 파일이 나타났다.

박 형사	이게 뭐야?
빨 대	제가 혹시나 해서, 보험용으로 그간 윗선을 좀 파 봤거든요. 그랬더니 그동안 그놈들이 짜고, 죄수들이 사용하는 장치의 한계치를 조작한 것, 안타고니아 운영비 부풀려서 빼돌린 것, 광고 수익 조작해서 착복한 것 등 비리가 한둘이 아니더라고요.
박 형사	근데, 이걸 왜 내게 보낸 건데?
빨 대	그냥 혹시나 형님이 갖고 계시면 나중에라도 쓰실 데가 있을까 해서요. 형님, 이번 일 정말 죄송합니다.

빨대와 박 형사의 대화는 거기까지였다. 박 형사가 빨대에게 다시 메신저를 보내도, 전화를 걸어도 빨대는 응답하지 않았다.

Scene #17. 길항작용(antagonism)

박 형사와 빨대의 메신저 대화가 있었던 날로부터 사흘 뒤. 인터넷 신문, 유튜브를 비롯한 TV 뉴스까지 여러 언론들이 몇몇 국회의원들과 안타고니아 수뇌부가 저지른 각종 범죄를 대대적으로 터트렸다. 이번 기회에 안타고니아를 전면적으로 손봐야 한다, 안타고니아를 폐지해야 한다는 주장이 다시 들끓었으나, 일부일 뿐이었다. 고위층이 저지른 비리에 분노하는 대중의 목소리가 점점 더 커져서, 안타고니아의 문제를 지적하는 의견을 덮어 버렸다. 수사와 재판은 일사천리로 진행됐다. 사건에 연루된 이들은 10여 명에 달했으나, 대부분은 증거 불충분으로 풀려났다. 결국, 안 국장, 김 의원, 장 의원, 이렇게 셋만이 안타고니아에 수감됐다.

"야, 너 392번 채널 봤어?

"응! 대박이지 않냐? 이번에 잡혀간 그 뚱땡이 김 의원, 정말 속이 시원하더라."

"맞아, 좀 징그럽기는 하지만, 그래도 속은 시원해. 그동안 그렇게 돈 빼돌려서 우리들 피 빨아먹더니."

안 국장, 김 의원, 장 의원, 이렇게 셋은 안타고니아 속 디지털 현실에서 한 공간에 갇혀 있었다. 구더기가 가득한 정

화조 속이었다. 분뇨로 가득한 통 속에 득시글한 구더기들이 세 사람의 살갗을 파고들었다. 갈라지고 파인 살점 사이로 지독한 통증이 스며들었다. 그들은 통을 빠져나오려고 끝없이 발버둥 쳤으나 계속 미끄러졌다. 서로 상대의 몸을 밟고 분뇨 위에 올라서고자 기를 썼으나, 서로 뒤엉켜서 상대의 몸을 할퀴어 대며 구더기들이 파고들 살갗의 틈을 더 깊게 도려낼 뿐이었다.

"아, 난 저거 징그러운 게 아니라 역겹고 더러워서 못 보겠더라."

"근데, 뭐 저 인간들이 원래 역겹고 더러웠으니, 딱 맞기는 하지. 안타고니아 가지고 저 인간들이 장난친 걸 생각해 보면, 저래도 싸지!"

Scene #18. 포르

안 국장, 김 의원, 장 의원이 안타고니아에 수감된 지도 벌써 3개월이 지났다. 박 형사는 여전히 김해일 판사의 흔적을 찾고자, 김 판사의 시체라도 찾고자 노력했으나, 어떤 단서도 건지지 못했다. 빨대와의 연락도 끊긴 상태였다. 박 형사 입장에서 빨대에게 더 이상 무엇을 부탁할 생각은 아니었다.

무언가가 자신의 마음 한구석을 누르는 무게감에 빨대와 더 얘기해 보고 싶었지만, 연락이 닿지 않았다. 그렇게 무겁고 답답한 시간이 흘러갔다.

자정이 넘은 시간. 박 형사는 거실 소파에 몸을 묻듯 앉아 있었다. 눈을 감고 있었으나, 오늘도 잠이 오지는 않았다. 그때 갑자기 스마트폰에 메신저 알림이 떴다.

> 요즘에도 커피 많이 드시나요? 캐모마일로 바꾸시는 게
> 좋을 텐데요.

짧은 메시지. 박 형사는 스마트폰을 집어 들어서 발신인을 확인했다.

> 포르

한동안 시간이 멈춘 듯했다. 박 형사는 떨리는 손으로 메시지를 보냈다.

> 박 형사   누구시죠?
> 포   르   형사님께서 저를 계속 찾으시길래요.

김상균

박 형사   빨대? 빨대는 아닌 것 같고.

포 르   제가 누구인지 이미 짐작하셨을 것 같은데요. 저 김해
               일입니다.

박 형사   정말 포르, 김 판사님이라고요?

포 르   여전히 저를 판사라고 부르시네요. 이제는 판사도, 살
               아 있는 사람도 아닌데요.

박 형사   그게 무슨 말씀이죠? 판사님 맞죠? 지금 어디신가요?
               대체 뭐가 어떻게 된 건가요?

포 르   궁금한 게 많으시네요. 일단 이것부터 말씀드리죠. 저
               는 죽지 않았습니다.

박 형사   대체 어떻게…….

    김해일은 안타고니아 수뇌부가 자신을 역으로 공격해 올
가능성이 크다고 생각했다. 자신이 누구인지 특정하건, 그렇
지 못하건, 죄수들이 죽어 나가는 상황을 은밀히 덮기 위해
서는 자신을 체포하기보다는 무력화하는 쪽을 선택하리라
짐작했다. 그래서 자신의 접속 장치를 물리적으로 조작해서
한계치가 30이 넘지 못하도록 미리 막아 두고, 사용자의 생
체 신호를 읽어 내는 센서를 개조해서 자신이 설정한 수치를
읽어 가도록 바꿔 두었다. 김해일의 짐작대로 안타고니아 수

뇌부는 접속 장치의 한계치를 높여서 김해일에게 심장마비를 일으키려 했고, 접속 장치에서 읽어 낸 김해일의 생체 신호를 통해 김해일이 죽었다고 확신했던 것이었다.

박 형사　　그러면 지금은 어디서 어떻게 지내시나요?

포　　르　　저는 좀 먼 나라에 머물고 있습니다. 딸아이도 여기에 함께 있고요.

박 형사　　어떻게 그렇게?

포　　르　　제가 살아 있다는 걸 안타고니아와 관련된 이들이 알게 되면, 저도 그렇지만 제 딸아이 그리고 다른 사람들도 위험해질 수 있어서요.

박 형사　　왜 그렇게까지…….

포　　르　　저는 이미 이 세상에서 죽은 사람이잖아요. 서류상으로는 살아 있는 사람이지만, 안타고니아와 관련된 이들에게는 죽은 사람. 그래야 하는 사람. 그래서 그저 죽은 이로 살기로 했습니다.

박 형사　　어디에 계신지 묻지 않는 게 좋겠죠?

포　　르　　네, 그냥 밖과 안을 떠돌고 있다는 정도로 생각해 주세요.

박 형사　　밖과 안? 그렇다면 혹시…….

　　　　　　　　　김상균

| 포 르 | 저는 안타고니아가 지금의 모습으로 남아서는 안 된다고 생각합니다. 그래서 여전히 거기를 떠나지 못하고 있습니다. |

포　르　저는 안타고니아가 지금의 모습으로 남아서는 안 된다고 생각합니다. 그래서 여전히 거기를 떠나지 못하고 있습니다.

박 형사　안타고니아를 파괴하실 생각이신가요?

포　르　결과가 파괴일지 재건일지는 모르겠습니다. 다만, 지금의 안타고니아는 너무 아이러니하잖아요?

박 형사　아이러니요?

포　르　네, 인간으로 돌아가려는 이들을 인간이길 포기한 이들이 지배하고 있는 세상. 저는 그게 지금의 안타고니아라고 생각합니다.

박 형사　아…….

포　르　박 형사님이 괜찮다면 가끔 이렇게 연락드릴까 합니다.

박 형사　이렇게요?

포　르　네, 지금처럼 이렇게 포르의 모습으로요. 저는 이게 제 본모습이라고 생각합니다. 박 형사님이 만났던 김해일 판사가 아닌 이 포르가 진짜 저라고 생각합니다.

박 형사　그런데 갑자기 제게 연락해서 이런 얘기를 하시는 이유가 뭔가요?

포　르　박 형사님이 그동안 저를 찾기 위해 애쓰신 것을 잘 알고 있습니다. 아마도 저와 닿고자 하셨기에 그랬다고 생각합니다.

박 형사	제가 이제 그만 애썼으면 해서 연락하셨다는 건가요?
포　르	아닙니다. 오히려 반대입니다.
박 형사	반대라면…….
포　르	저와 함께 손을 잡으시면 어떨까요?
박 형사	손이요?
포　르	네, 인간이길 포기한 이들을 벌하기 위해서요.

　박 형사는 메신저 화면을 뚫어지게 바라볼 뿐 아무런 응답도 하지 않았다. 박 형사의 메시지를 기다리는지 포르도 다른 메시지를 보내오지는 않았다. 박 형사는 다시 소파에 몸을 묻었다. 거실 창밖으로 희미한 초승달이 빛을 흘리고 있었다. 그 빛을 따라 밤하늘은 붉게 물들어 갔다. 박 형사는 메스꺼움과 동시에 몽롱함을 느꼈다. 그러다 문득 이런 생각이 들었다.

　'혹시, 지금 내가 있는 곳이 안타고니아가 아닐까…….'

　　　　　　　김상균

우주는 먼지로 채워진 공간이다. 인간은 우주의 일부이다. 그러니 인간도 먼지이다. 인간은 꿈을 꾸는 먼지이다. 우주를 넘어서 새로운 공간을 창조하고자 꿈꾼다. 인간은 공간을 만들고, 공간은 인간을 만든다. 메타버스에서 공간은 무한대로 확장한다. 무한대의 공간은 인류의 잠재력을 폭발시킨다. 먼지에서 시작한 인류는 메타버스를 통해 스스로 빅뱅한다. 그래서 그 먼지는 또 다른 우주가 된다. 당신은 먼지에서 시작해서 우주가 된다.

엑소더스

박서련

"억압된 의식을 표출한다는 의미에선 인터넷과 꿈이 비

슷한 것 같지 않나요?"

곤 사토시, 〈파프리카〉(2007)

기어를 쓰면 어두운 시야 한가운데에서 1픽셀의 붉은 점
이 깜빡거리며 점멸하기 시작한다.

붉은색.

푸른색.

다시 붉은색.

푸른색.

로딩 프로세스와 함께 컬러 픽셀은 점점 면적을 넓혀 간다.

이윽고 그것은 붉은색과 푸른색을 연달아 반사해 내며 회전하는 구체처럼 보이게 된다. 구체의 표면에는 로마자 E가 푸른색으로 음각되어 있는 듯하다. 그렇게 인식한 순간 글자는 회전하여 붉은색의 X로 바뀐다.

오늘따라 로딩이 길다. 접속 대기 계정이 많은 걸까, 월드 확장 패치가 진행 중인 걸까. 로딩이 평소보다 길다는 사실을 인지한 바로 그 순간, 시야 한가운데의 구체가 오른쪽으로 구르며 로고를 출력한다.

E-X-O-D-U-S, 엑소더스™

당신의 의식은 빨려 들듯 기어가 안내하는 세계에 도달한다.

어딘가에서 가볍게 뛰어내린 듯한 감각으로 바닥을 디딤과 동시에 머리 위로 거대한 그늘이 드리우는 것을 감지한다.

고개를 들면 거대한…… 공룡이 지나가고 있다. 당신이라는 하찮은 존재를 넘어서.

지난번에 접속을 종료한 지점. 백악기 필드다. 마니아층이 제법 두터운 지형이라고는 하지만 별로 당신의 취향은 아니다. 취향도 취향이지만 밟혀서 죽기라도 하면 큰일이니까.

박서련

여느 게임에서 그러듯 엑소더스™에서도 죽으면 지금까지 방문했던 곳 중 가장 가까운 세이브 포인트에서 부활하게 된다. 당신은 백악기 필드로 내려오는 데 현실 시간 3일을 소비했고 마지막 세이브 포인트는 적어도 열 시간도 더 전에 지났다.

물론 '부활 아이템: 인스턴트 리버스'를 쓰면 간단히 해결되는 문제다. 포털 스크롤을 사용해 가까운 도시에서 힐링 포션을 비롯한 생존 용품을 수급해 오는 것도 방법이다. 문제는 인스턴트 리버스와 포털 스크롤 둘 다 캐시 아이템이라는 점.

당신은 전형적인 무과금 플레이어다.

어떤 면에서는 전혀 전형적이지 못하기도 하지만.

공룡이 나오는 필드에서는 대체로 공룡에게 밟히거나 치여 죽게 된다. 엑소더스™에서 등장하는 공룡 대부분은 공격성이 없다. 몸길이가 2미터에서 5미터 사이인 육식성 공룡은 플레이어에게 선공을 가하기도 하지만 기본적으로 몬스터로 분류되지 않고, 대부분 쥐라기부터 그 이전 시대 필드에 포진해 있다.

백악기 필드에서 등장하는 종류의 초거대 공룡은 인간에게 관심이 없다. 사냥해서 잡을 수 있다고 알려져 있기는 하지만 적어도 열 명 이상의 플레이어가 협공을 가해야 할 것이다. 엑소더스™ 플레이어들의 온라인 포럼에 따르면 스무명 이상의 파티를 구성해 초거대 공룡 공략에 성공한 사례가 있지만, 크리스털이나 아이템 보상은 전혀 없었다고 한다.

즉 백악기 필드의 공룡들은 설정상 관상용 동물들. 아쿠아리움의 물고기들처럼. 엑소더스™에서는 플레이어도 아쿠아리움 속에 있는 셈이니 사파리 동물원에 비유하는 게 더 적절할까.

오는 길에 세이브 포인트도 거의 없고 사망 또는 치명상 위험이 극도로 높은데 보상도 없는 이런 맵에 오는 건 소수의 공룡 마니아들뿐이다. 사치스러울 정도로 치밀하게 구현된, 살아 움직이는 공룡의 모습을 실제보다 더욱 생생한 VR로 감상할 수 있으니까. 당신이 공룡 마니아였다면 당신 역시 목숨쯤은 가뿐히 걸고 여기에 왔을 것이다. 당연히 진짜 목숨이 아니니까 말이지만.

하지만 앞서 말했듯 당신은 공룡 마니아 같은 것이 아니다. 그러면 당신은 대체 여기서 뭘 하고 있는 걸까.

계기는 사소하고 어처구니없는 것이었다. 자주 가는 바의 NPC 사이킥이 당신에게 말하길, '지금까지 한 번도 가 보지 않은 곳에서, 한 번도 상상한 적 없는 일이 일어날 것'. 그게 전부다.

박서련

당신은 점복 따위를 믿지 않는다. 현실 세계에서 그 흔한 타로나 사주도 본 적 없고 하물며 수정 구슬을 만지작거리며 이야기하는 서양식 점쟁이 같은 건 더더욱 서먹하다. 그렇지만 엑소더스™는 현실이 아니다. 현실과 다르다. 엑소더스™에서의 당신 행동은 현실에서와 마찬가지로 모두 당신의 선택에 의한 것이지만, 현실과 다르게 엑소더스™에서 맞이하게 되는 당신 행동의 결과는 우연이라고 볼 수 없다. 아무리 자연스러운 무작위의 사건들로 느껴져도, 엑소더스™에서 일어나는 모든 일은 치밀한 계산에 의한 논리적 귀결이다.

그렇다면 NPC 사이킥은? 형식상 점쟁이 스킨을 뒤집어쓰고는 있지만 그 또한 엑소더스™의 방대한 시스템 일부에 속한다. 즉 엑소더스™에서의 예언은 진짜로 장차 벌어질 일에 대한 힌트로 받아들일 수밖에 없다. 때문에 당신은 현실에서는 한 번도 본 적 없는 점을 엑소더스™에서는 밥 먹듯본다. 실제로 사이킥의 예언들로 효과적인 플레이를 한 경험이 당신에게는 꽤 있다.

이번의 그 예언이 유독 달콤하기도 했고, 늘 하던 크리스털 채굴이 지겹기도 했던 당신은 한 번도 가 본 적 없는 필드를 찾아 무작정 내려왔다. 누가 물어본다면, 이를테면 관리자가 왜 그랬냐고 물어본다면 곧이곧대로 말하기는 미묘한 이유다.

당신을 지나 걷던 초거대 네발 공룡이 보행 방향을 바꾸며 꼬리를 크게 휘두른다. 현실 세계였다면 3, 4층짜리 빌라 한 채쯤은 가볍게 무너뜨릴 만한 스윙이다. 당신은 급하게 주저앉아 타격을 피하지만, 피하고 보니 공룡 꼬리가 당신의 머리보다 훨씬 위쪽을 지나가 머쓱해한다.

이럴 시간에 크리스털을 더 벌어야 하는데.

당신은 생각한다. 그러나 그냥 돌아가기에는 너무 깊이 내려왔다. 더 내려가 보든가 자진해서 죽어 마지막 마을에서 리젠되는 게 그나마 합리적인 해결책. 어느 쪽이 나을까. 이보다 더 아래 필드에는 뭔가 희망이 있을까? 다시, 당신은 이렇게 결심한다.

그냥 죽어 버리자.

지금까지 무슨 오기를 부리느라 여기까지 왔는가를 생각하면 허탈해지지만, 아무튼 이 짓거리도 지겹다. 당신은 이제 죽을 준비가 됐다. 하지만 엑소더스™에서는 자해로 죽음에 이를 수 없다. 가령 일부러 높은 곳에서 뛰어내리거나 하더라도 체력 1로 결국은 살아남게 된다. 엑소더스™에서 죽으려면 다른 플레이어나 몬스터로부터 충분한 타격을 입거나 자연재해 이벤트에 노출되어야 한다.

주위에 다른 몬스터나 또 다른 공룡은 보이지 않는다. 당신은 지나간 공룡을 따라잡기로 마음먹는다. 막상 죽으려니까 그것도 쉽지가 않다.

야, 이 비만 도마뱀 새끼야. 잠깐 백스텝 해서 나 좀 밟고 가.

저만치 멀어져 간 공룡은 좀체 가까워지지 않는다. 접속 직후 당신 주위에는 큰 야자수 오브젝트 같은 것들이 가득했는데, 공룡을 따라 달리던 당신은 어느덧 황야랄지 사막이랄지, 광활한 모래밭 위에 듬성듬성 누런 풀이 나 있는 지형에 접어든 채다. 누런 흙먼지가 나부껴 공룡은 잘 보이지도 않는다.

할 수 없지.

당신은 인벤토리에서 헤르메스 파스를 꺼내 신발에 바른다. 일회용 아이템인 헤르메스 파스는 즉시 손아귀에서 사라지고 눈앞에 상태 메시지가 뜬다.

헤르메스 파스: 30분 동안 이동 속도 또는 공격 속도가
1.5배가 됩니다.

쉽게 구할 수 없는 아이템이라 아끼려 했지만, 어차피 사용 기한이 일주일 정도밖에 남지 않기도 했다. 당신은 자세를 고쳐 다시 모래밭 위를 달린다. 다시 시야에 공룡이 보인다. 공룡뿐 아니라 거대한 쌍둥이 바위 지형 같은 것도 보인

다. 공룡은 그 사이로 들어가고 있다.

거기 딱 서서 뒷걸음질 한 번만 치라고.

멀리에서 바위라고 생각했던 한 쌍의 지형 오브젝트는 가까워질수록 거대해지고 섬세해진다. 거의 남대문만 한 크기의, 깨지고 허물어진 구석구석 식물이 자라고 있는…… 어쨌든 바위다. 공룡은 어디로 간 걸까. 당신은 공룡이 사라진 지점으로 짐작되는 쌍둥이 바위 사이를 향해 달린다.

숨이 차지 않아서, 땀이 나지 않아서 다행이다. 기어를 쓰고 엑소더스™에 접속하면 팔다리를 휘두르지 않아도, 달리겠다는 생각만으로 달릴 수 있다. 헤르메스 파스 덕에 실제 당신 주력의 세 배쯤으로 달려온 당신은 곧 쌍둥이 바위 사이에 도달한다.

달려온 방향에서는 쌍둥이 바위로 보였지만 가까이 다가와 들여다보니 안쪽이 이어져 있다. 위에서 보면 아마 말발굽 모양이나 옴(Ω) 기호 모양일, 하나의 거대한 암석 지형이다. 그러나 그따위가 뭐가 중요한가. 눈앞에서 상상도 못 한 일이 벌어졌는데.

옴 지형 안에 발을 들인 순간, 당신이 뒤쫓던 거대한 네발 공룡이 오른편으로 쓰러졌다.

설마 지금 내가 공룡의 자연사를 목격한 건가?

박서련

반은 맞고 반은 틀린 생각이다. 이건 엑소더스™ 내에서의 사건이니까. 인간이 만든 가상현실 내에서 인간의 의도와 기획하에 벌어진 이벤트니까. 하지만 어쨌거나 제작진의 의도는 당신이 느낀 대로 '공룡의 자연사'를 연출하는 것이었다. 오픈 월드로 만들어진 엑소더스™ 내에는 이처럼 플레이어가 보고 있든 보고 있지 않든 벌어지는 이벤트와 퍼포먼스가 얼마든지 있다. 다만 그것들 모두는 거의 무작위에 가깝도록 설계된 인위라는 점이 중요하다. 당신은 순간적으로 당신이 플레이 중이라는 것을, 당신이 엑소더스™ 안에 있다는 것을 잊고 경이감을 느낀다. 엑소더스™를 플레이하면서 아주 오랜만에 경험하는 감각이다.

쓰러진 공룡의 흉곽이 더는 위아래로 오르내리지 않는다는 것을 알아챈 당신은 좀 더 과감하게 옴 지형 안으로 들어선다.

누리끼리한 모래바람이 부는 바깥과 달리 옴 지형 안쪽은 안개가 끼어 있고 바닥에는 카펫같이 부드럽고 도톰한 이끼가 깔려 있다. 공룡의 시체에 가까이 다가서자 안개 때문에 가려져 있던 옴 지형 심부가 보인다. 그 안에는 놀랍게도 거대한 공룡의 뼈가 쌓여 있다.

이건…… 공룡 무덤?

당신은 늙은 코끼리들이 죽음을 예감할 때 가는 장소가

있다는 이야기를 떠올린다. 다큐멘터리에서 봤던가, 무슨 전설 같은 거였던가. 공룡들에게도 그런 습성이 있었나? 기본적으로 코끼리는 지능이 매우 높다고 하지만 공룡은 머리가 나쁜 편이었다고 알고 있는데. 당신은 홀린 듯 앞으로 앞으로 나아간다. 당신은 코끼리 무덤을 찾은 사람은 부자가 된다는 이야기를 막 떠올린 참이다. 무덤에 쌓인 상아를 팔아 부자가 된 사람처럼 당신도 어쩌면 공룡들의 공동묘지에서 뭔가를 발견할지도 모른다. 산더미처럼 쌓인 공룡 뼈들 사이에서 희미한 빛이 새어 나오고 있다. 엑소더스™ 내에서는 습득 가능한 오브젝트가 그러한 빛을 발하곤 한다.

집채만 한 뼈들 사이사이를 지나, 반쯤 또는 완전히 썩어 흙처럼 물러진 살들을 파던 당신의 손에 그 빛이 잡힌다.

드라코 코르누(Draco Cornu, 용의 뿔)

당신은 오크(OOAK: One of a Kind)를 찾았다.

*

오크(OOAK), 원 오브 어 카인드. 월드 내에 단 하나밖에 존재하지 않는 아이템을 말한다.

물론 엑소더스™에는 '그' 오크도 있다. 톨킨 월드나 톨킨 월드를 토대로 한 D&D 같은 판타지 테마 필드를 찾아가면 볼 수 있다. 아인종 몬스터라서 통역기 아이템을 쓰면 대화, 협상, 거래 시도가 가능하다. 말할 것도 없이, 몬스터다 보니 일방적으로 사냥할 수도 있다.

원시 지구를 본떠 공룡이 출몰하는 지역이 있는가 하면 고전 정통 판타지 장르를 차용해 오크, 고블린, 엘프 등이 나오는 지역도 있는 것이 엑소더스™ 세계관의 가장 큰 강점이다. 엑소더스™의 세계는 거대하고, 방대하며, 거의 무한대에 가깝다.

엑소더스™의 맵 형성 체계는 TDGB(3-Dimensional GO Board) 시스템으로 불린다. 거창해 보이지만 알고 보면 단순히 '3차원 바둑판'이라는 의미고, 이것을 인식하면 복잡해 보이는 엑소더스™ 월드 구성의 논리를 단숨에 이해할 수 있다.

가로로 배치된 장소 축과 세로로 배치된 시간 축, 여기에 크게 지하, 지상, 천상, 우주로 분류되는 수직축이 서로 교차한다. 이렇게 해서 초기 200여 가지 테마 필드가 공개된 이후 지금까지 700여 가지가 넘는 테마 필드가 형성되었다.

가로축과 세로축과, 수직축 모두의 중앙 인근이 가장 현

엑소더스   **143**

실 세계에 가깝다. 국가 및 도시를 테마로 해서 엑스포를 연상케 하는 중심부는 엑소더스™ 초심자들이 주로 머무르는 필드지만 가장 재미없는 지역으로도 손꼽힌다.

인기를 얻은 영화, 애니메이션 등의 콘텐츠와 컬래버레이션 해서 만든 맵도 대부분은 가로축이나 세로축 중심부 인근에 분포되어 있다. 수직축으로는 지하, 지상, 천상, 우주 등이 표현되는데, 스타트렉 필드는 수직상 최고층 우주 맵, 세로축 가장 위쪽에 펼쳐져 있고 스타워즈 필드는 같은 층의 세로축 반대쪽 끝에 위치해 있다.

컬래버레이션 필드가 어떻게 배정되고 정확히 얼마의 너비가 주어지는지에 대해 일개 플레이어인 당신은 알지 못한다. 그저 짐작만 가능할 뿐이다. 돈 쓸 준비가 되어 있는 팬층이 두터울수록 면적이 넓어지겠거니 하는 것이 당신의 짐작이고, 그 짐작은 엑소더스™ 제작사의 실제 방침과 크게 다르지 않다.

롯데리아나 서브웨이 같은 프랜차이즈 음식점도 엑소더스™와 컬래버레이션을 진행했는데, 당연하다면 당연하게도 이들 브랜드가 하나의 너른 필드를 차지하지는 않는다. 대신에 이들 브랜드는 현실 세계에서와 같이 곳곳에 체인점과 광고를 냈다. 이를테면 파리 필드나 히말라야 필드, D&D 필드

같은 곳에서 롯데리아의 빨간색 간판이나 서브웨이의 녹색 간판을 볼 수 있다.

당신도 자세히는 모르지만, 디즈니월드 필드에는 롯데리아가 입점할 수 없도록 계약되어 있는 것 같다. 태어나서 미국에 한 번도 가 본 적 없는 당신은 엑소더스™에서 올랜도 디즈니월드 필드에 방문한 적이 있고 실제로도 이렇게 즐거울까 싶을 만큼 알찬 시간을 보냈는데, 그곳에서 한우불고기버거를 주문할 수는 없었다. 엑소더스™는 그 방대한 규모에 걸맞게 수많은 브랜드와 협업을 진행했고 엑소더스™ 내에서는 현실 세계에서는 생각지도 못한 방식으로 브랜드 간 권리 충돌이 발생 가능했다.

하여 당신은 아마도 들어 본 적 없겠지만 세간에서는 이런 농담이 유행하고 있다. 엑소더스™로 가장 큰 수익을 올린 주체는 엑소더스™와 협업한 회사도 엑소더스™ 제작사인 빅엔(Big N) 게임즈도 아니다. 엑소더스™와 파트너십을 체결한 로펌이다. 롯데리아는 디즈니월드 필드에 들어가지 못했지만 그 로펌의 광고 입간판은 이스터 에그로 들어갔다.

현재 엑소더스™의 누적 계정 수는 전 세계 20억 개에 이른다. 두 개 이상의 계정을 보유한 중복 사용자를 제외하더라도 대륙 하나의 인구에 준하는 규모다. 엑소더스™는 그다지 친절한 세계는 아니다. 현실이 그렇듯이. 하지만 적어도 현실보다는 접근성이 좋고, 현실보다 다채로우며, 거의 현실만큼 실감이 난다. 엑소더스™로 돈벌이를 하고 있는 새로운 세대의 등장, 그들을 일컫거나 그들이 사용하는 신조어, 엑소더스™를 아예 하나의 가상 국가로 간주하여 망명을 신청하는 기행인들, 엑소더스™의 전자화폐 시스템을 악용해 거액의 외화를 거래한 스타트업 유망주들……. 엑소더스™를 둘러싼 열광의 반응들과 신종 사회문제들은 연일 현실 세계의 뉴스를 장식하고 있다. 당신은 뉴스를 보지 않지만 이 같은 현상들을 피부에 닿는 열기처럼 확실하게 감각하고 있다. 당신 또한 엑소더스™에서 보내는 시간이 현실 세계에서 보내는 시간보다 훨씬 긴 플레이어이기 때문이다.

*

오전 9시, 접속 종료. 당신은 기어를 벗는다. 몸을 일으키고 양어깨를 크게 앞뒤로 돌려 본다. 식사 시간을 알리는 종소리가 요란하게 울리고 있다.

여기서는 밥을 하루에 두 끼 준다.

당신은 천천히 주방으로 가 키친 아일랜드 앞에 늘어선 줄에 합류한다. 주방은 춥고 어둡다. 온기가 느껴지는 것은 밥과 국이 담긴 업소용 전기밥솥 두 개 뿐이다. 당신은 그 온기가 좋아 밥솥 앞에 오래 머무르다 관리자의 주의를 듣는다.

"뒷사람도 밥 퍼야 하니까 빨리빨리."

정말이지 감옥 같다. 이런 생각도 새삼스럽지만. 당신은 속으로 콧방귀를 뀌며 식탁으로 발을 옮긴다. 긴 식탁에 음울한 표정의 동료들이 앉아 말없이 밥을 퍼먹고 있다. 감옥이라기보다 수용소일까……. 당신은 방금 했던 생각을 정정한다. 엑소더스™ 월드와 비교하면 현실 세계는, 이 작업장은, 수용소 같은 느낌이다. 식판과 수저조차도 여러 사람이 오래 사용하고 박박 씻어 대 흠집투성이. 하지만 의외로 밥은 나쁘지 않다. 어쨌든 한국인은 밥심이니까. 당신은 시판 소스로 만들고 한참 방치한 듯 차갑고 뻔한 맛의 떡볶이를 질겅질겅 씹는다. 반찬으로 떡볶이씩이나 해 주는 정성을 높게 평가해야 할지 떡볶이랍시고 이따위 것을 만드는 솜씨를 규탄해야 할지 헷갈린다.

긍정적인 면을 보자. 여기서의 생활도 나쁘지는 않다. 규칙적인 생활과 때가 되면 척척 나오는 밥. 작업장에 들어오면서 당신은 오히려 바깥 세계에서보다 건강해졌다. 엑소더스™을 무제한 공짜로 즐길 수 있다는 사실도 빼놓을 수 없는 장점이다. 당신은 작업장에 들어오기 전에도 엑소더스™의 헤비 유저였지만, 홈 기어를 사지 못해 요금이 비싼 VR방에서 얼마 되지도 않는 저축을 탕진하고 있었다.

한편, 지금은 오전 9시 20분이다. 작업장에서는 늦은 오전에 자고 늦은 오후부터 작업을 시작한다. 작업이란 물론 엑소더스™ 플레이를 말한다. 작업장에 입소하면서부터 당신은 엑소더스™를 하루 열세 시간에서 열다섯 시간까지 플레이하게 되었다. 당신은 작업장에 들어오겠다고 마음먹은 적이 없다. 선택의 여지없이 작업장에 수용되었다. 처음에는 그토록 좋아하는 게임을 실컷 하며 돈도 벌 수 있어 오히려 좋다고 생각하려 애썼지만, 먹고 자는 시간만 빼고 오로지 엑소더스™만 하려니 토할 것 같았다.

실제로 엑소더스™ 플레이 도중 VR 멀미 증세를 느끼는 경우가 적잖이 있다. 엑소더스™를 오랫동안 플레이한 당신도 예외는 아니었다. 하물며 원하는 방식의 플레이는 꿈도 꿀 수 없었다.

"옹, 뭐 좋은 일 있었냐?"

말을 걸어오는 사람은 당신의 파트너 쌍봉낙타다. 여기서는 서로를 엑소더스™ 계정명으로 부른다. 당신의 계정명은 신천옹. 동물 이름으로 아이디를 지으라는 말에 약간의 반항

148   박서련

심을 담아 사람 이름 같은 동물 이름을 내밀었는데 뜻밖에도 그게 그냥 통과되었다. 당신은 파트너를 낙타라 부르고 파트너는 당신을 옹이라 부른다.

"좋은 일은 얼어 죽을."

"아님 말고."

낙타는 간결하게 대꾸하고 식판에 얼굴을 파묻다시피 한다. 낙타는 식사 속도가 빠르다. 낙타에 비해서도 다른 사람들에 비해서도 식사 속도가 느린 당신은 오늘따라 더욱 더딘 속도로 숟가락을 들었다 놓는다.

사실 심장박동이 너무 거세서 남들한테 들리지 않을까 걱정이 될 정도다. 낙타가 별생각 없이 안부 삼아 물었을 좋은 일 있었냐는 말조차 뭔가 알고 캐묻는 것처럼 느껴져 날카롭게 반응하고 만 당신이다. 당신은 불과 여섯 시간 전에 오크를 찾았다. 오크 아이템의 발견 확률은 로또 당첨 확률보다 낮다. 전 세계 20억여 계정 가운데 단 한 계정에만 보유할 수 있는 오크. 콜렉터와 직접 거래할 경우 로또 당첨금만큼의 수익을 낼 수 있다. 경매에 붙이면 그 이상도 꿈은 아니다.

그런데 좋은 일이 있었냐고? 말을 말자…….

"야 땃쥐, 오늘 얼마 벌었냐?"

낙타가 입 안 가득 음식을 물고 코끼리땃쥐에게 말을 건다.

"오늘 크리스털 1,023만 4,098 캤으니까 10만······ 2백······."

"대충 4만 원 벌었네."

머리가 조금 나쁜 코끼리땃쥐는 매번 자기가 그날 모은 크리스털과 그 환산액을 헤아리곤 했다. 기어를 쓰고도 입 안으로 중얼중얼 크리스털을 세서 운 나쁘게 땃쥐 옆에서 플레이하는 날이면 도저히 플레이에 집중을 할 수가 없었다.

작업장에서 당신이 하는 일은 주로 크리스털 채굴이다. 엑소더스™ 접속 시간에 따라 최저 시급이 주어지고, 역량에 따라 모은 크리스털을 현금으로 환산해 수익으로 등록한다.

엑소더스™에는 크게 두 가지의 화폐 단위가 있다. 현실 세계에서 사용하는 현물 화폐, 즉 원이나 달러, 유로 등과 엑소더스™의 가상 필드에서 모을 수 있는 크리스털이 그것이다.

크리스털은 G 단위를 쓰지만 여타 게임에서 쓰는 '골드'의 줄임이 아니라 그램, 즉 무게를 뜻한다. 필드마다 미묘하게 환율이 다르지만 대략 크리스털 10,000G이 한국 돈 100원 정도에 거래된다.

땃쥐가 오늘 채굴한 크리스털은 많지도 적지도 않은 딱 평균 정도다. 한 시간에 만 원꼴. 초기 비용으로 어마어마한 가격의 기어 구입만 감수하면 엑소더스™ 플레이만으로 먹고살 수도 있는 것이다.

박서련

몬스터를 사냥해 드롭 아이템을 크리스털과 거래하거나 이 필드에서 저 필드로 건너뛰며 아이템 제작 재료를 팔아 차익을 챙기거나 아예 광산 필드에서 말 그대로 채굴하는 식으로 크리스털을 모은 다음, 환전소에서 현물 화폐로 바꾸고 그 돈으로 엑소더스™ 곳곳에 위치한 체인점에 들어가 한우불고기버거 세트를 주문한다. 이윽고 주문한 음식이 배달되면 잠시 기어를 벗고 끼니를 때운 다음 다시 크리스털 채굴을 시작한다……. 엑소더스™의 출시 이후 이런 식의 생활이 가능해졌고, 실제로 당신 또래 많은 이들이 이렇게 살고 있다.

어떻게 이런 일이 가능한지 당신은 잘 모른다. 그저 사이버 크리스털을 팔아 진짜 돈을 사는 당신 같은 플레이어가 있는가 하면, 어떤 플레이어들은 돈을 주고 크리스털을 사야만 한다는 사실을 어렴풋이 상상할 수 있을 뿐이다. 모든 무기와 장비, 한정 커스텀 중 일부는 크리스털로만 구입 가능하고 어떤 플레이어들은 현실을 사는 시간이 엑소더스™에 머무르는 시간보다 길 수밖에 없어서. 여기에 광고 수익, 기어 및 게임 타이틀 판매 수익 등이 한몫 더하고 있겠거니, 당신은 막연히 짐작하고 있다. 애초에 빅엔 게임즈의 수익 구조는 당신이 알 필요 없고 딱히 당신의 관심사도 아니다. 그저 프로 게이머도 파워 리뷰어도 아닌데 게임으로 입에 풀칠

할 수 있다는 사실에 감사할 뿐.

그런데 당신처럼 작업장에서 일하는 플레이어는 자기가 모은 크리스털의 수익을 온전히 가져갈 수 없다. 100:1 환율로 크리스털과 현물 화폐 환전을 거친 후 작업장 수수료 60%를 뗀다. 폭리라고밖에 말할 길이 없지만 어쩌겠는가? 작업장은 수수료에 기어 사용료와 생활비 명목을 붙인다. 나머지 40%도 당신의 계좌로 들어가지는 않는다. 당신은 이 작업장에 빚을 갚으러 왔다. 당신이 이 '소규모 게임 기업', 일명 작업장에 들어오게 된 것은 그 모기업인 대부업체에 엄청난 빚을 진 탓이다.

이 작업장에서 일하는 플레이어들은 대부분 당신처럼 빚을 지고 있다. 사유는 다양하다. 부모가 아파서, 무보험으로 개비싼 차를 들이받아서, 술 처먹고 누굴 존나 팼는데 합의금을 감당 못 해서. 드물게는 자진해서 들어오기도 한다. 땃쥐가 그렇다. 가족이 강력히 권하기도 했거니와 땃쥐 본인도 엑소더스™를 최대한 많이 하고 싶어 했기에 그럭저럭 만족스러운 듯하다.

하긴 저 멍청한 게 사회 나가서 다른 뭘 할 수 있을까.

당신은 땃쥐를 측은하게 생각하는 한편 적어도 땃쥐에게 빚은 없다는 사실에 시샘을 느낀다. 당신이 멍청하다고 생각

박서련

하는 땃쥐보다 훨씬 더 멍청한 이유로 빚을 지고 작업장에 왔다는 사실도 다소 수치스럽다.

당신은 남들이 십 대 때 주로 빠진다는 인터넷 도박에 다 늦어 걸려들었다. 어쩌다 시작했는지는 기억도 잘 나지 않는다. VR방에서 엑소더스™를 하고 나오는 길에 한 무리의 고등학생들이 사다리 타기로 50만 원을 땄다고 환호하는 걸 본 기억이 어렴풋이 있을 뿐······.

당신에게는 약혼자도 있었다. 구체적으로 언제 결혼하자 정하지는 않았지만, 연애 초중반 장난스레 여보 자기 하는 느낌과는 다르게, 진중하게 서로의 미래를 약속했던. 약혼자한테 보여 줄 차 한 대, 딱 중고차 한 대 살 돈만 벌고 싶었는데, 한 300까지 따다가 순식간에 마이너스로 굴러떨어졌다.

사다리 게임 사이트에는 어째서 대부업체 링크가 달려 있었을까? 왜 당신은 그것을 그냥 지나치지 못했을까?

관리자는 당신을 데려오기 전에 딱 한 가지를 물었다. 엑소더스™를 해 본 적 있느냐고. 한참 동안 접속하지 못한 당신의 본 계정은 꽤 레벨이 높다. 느리지만 쉬운, 몸에 익은 방법으로 갚을 수 있어서 다행이라고 당신은 생각했다. 당신이 하루하루 벌어들이는 크리스털 수익보다 당신이 빌린 돈의 이자가 하루하루 불려 가는 몸집이 더 크다는 것을 깨닫기 전까지는.

어쩌면 당신은 여기서 평생을 보내야 할 수도 있다. 그 사실을 의식할 때마다 당신은 몸서리를 친다. 당신은 탈출하고 싶다. 이 작업장에서, 또한 현실의 탈출구라는 의미로 이름 지어진 엑소더스™라는 세계에서 탈출하고 싶다.

그 꿈을 이뤄 줄 열쇠를 당신은 찾았다. 드라코 코르누--용의 뿔, 현실에는 없고 엑소더스™에서도 단 하나밖에는 존재하지 않는 오크 아이템. 꼬박 사흘, 크리스털과 현물 화폐의 환율로 대략 30만 원, 작업장 수수료를 떼고 12만 원. 겨우 12만 원으로 무한대의 가치를 지닌 보배를 당신은 손에 넣었다.

어떻게 해야 관리자의 눈을 피해 그것을 현금화할 수 있을까? 그것이 당신에게 주어진 다음 퀘스트다.

*

엑소더스™ 제작진이 얼마나 실감 나는 기술을 개발했는가 하면, 한마디로 월드 내에서 목욕을 할 수 있을 정도다. 엑소더스™ 출시 초기에 나온 기사와 그 기사가 참고한 논문에 따르면, 일동 온천 테마 필드에서 온천욕을 즐긴 플레이어가

박서련

실제 온천욕을 즐겼을 때와 비슷한 효과를 보았다고 한다. 스트레스 호르몬인 코르티솔의 분비가 줄어들고 세크레틴 등 유익 호르몬 분비가 증가했으며 온열욕 반응에 해당하는 부교감신경 자극은 실제 온천욕보다 효과적인 것으로 나타 났다고.

신문 기사로 처음 보도된 이 일화는 해당 플레이어의 화상 인터뷰를 포함한 TV 뉴스로도 다시 나왔다. 플레이어는 실제로 열기, 유황 냄새, 물의 촉감 등을 느꼈다고 말했고, 이어 빅엔 게임즈 관계자가 나와서 헤드기어로 뇌파 간섭을 일으켜 감각을 변화시키는 기술에 대해 설명했다.

엑소더스™ 제작진은 이 같은 사례들을 수집하여 엑소더스™에서의 체험이 실제의 경험에 근사하거나 동일한 수준의 효과를 낸다는 연구 결과를 내놓았다. 예를 들어 일광욕과 삼림욕, 앞서 설명한 온천욕 같은 것. 엑소더스™에서 가상의 햇볕을 쬔 플레이어는 실제로 일광욕을 했을 때처럼 세로토닌을 합성해 냈다. 엑소더스™ 월드 안을 그저 걸어 다니기만 했는데도, 즉 실제로는 기어를 착용한 채 걷기를 상상만 했는데도, 실제의 걷기보다는 덜하지만 가만히 앉거나 누워 있는 것보다 높은 운동 효과가 나타났다는 주장도 포함되어 있었다.

가히 박력적이라 할 수 있을 이 실감이 진가를 발휘하는 곳은 판타지, 우주 필드 등 보통의 플레이어들이 실제 세계에서는 경험하기 어려운 지역이다. 엑소더스™ 중심에서 플레이를 시작해 조금씩 외곽이나 천상, 지하에 위치한 지역으로 진출해 갈 동안 플레이어는 엑소더스™가 제공한 실제에 가까운 감각을 통해 이 세계에 대한 신뢰를 느낀다. 이렇게 형성된 신뢰는 현실에 존재하지 않는 필드에서도 그것이 실제 세계에서 일어나는 실제의 사건인 것 같은 착각을 일으킨다. 현실에 있을 수 없는 것을 완전히 존재하는 것처럼 체험시켜 주는 것이다. 차츰 플레이어는 감각의 풍요로 이루어진 엑소더스™가 진짜 세계고, 초라한 현실 세계가 오히려 가짜처럼 느껴지는 전복에 익숙해지게 된다. 입문 장비가 비싸고 지나치게 방대해 화려한 실패가 예견되었던 엑소더스™는 자연스럽게 세계 최대의 메타버스 게임 플랫폼이 되었다. 한 번 시작한 사람은 절대 끊지 않았으므로 당연한 수순이었다.

　엑소더스™의 현실감에 대한 반박 자료도 횡행했다. 가상 현실 세계 내에서까지 자기 자신을 돌보기 위해 온천에 들어간 스스로의 노력을 인식한 인체가 플라시보 효과를 나타낸 것이라는 둥, 엑소더스™의 기술은 현실에서의 경험을 복제 및 재현하는 것에 그쳐 실제로 온천에 한 번도 가 보지 않은

사람은 '내가 지금 온천욕을 하고 있다'라는 감각을 체험할
수 없다는 둥.

　당신의 생각에 정작 중요한 것은 그게 플라시보 효과인지,
원본이 있어야만 가능한 재현인지가 아니다. 엑소더스™에
서 가상 온천욕을 즐긴다고 해서 한참 동안 플레이를 하느라
땀과 유분을 분비한 머리가 저절로 깨끗해지지는 않는다는
점이다. 당신은 깨닫지 못하고 있지만, 이 예시로 엑소더스™
와 현실 세계가 어떻게 다른가를 단적으로 설명할 수 있다.

　엑소더스™ 내에는 체르노빌 테마 필드가 있다. 이 필드를
탐사하는 플레이어는 체르노빌의 참상을 목격할 수 있고 실
제 다크 투어리즘 참여자들과 비슷한 수치의 스트레스를 경
험할 수 있지만, 방사능에 피폭되지는 않는다. 엑소더스™에
있을 때 플레이어는 자기의 실제 신체를 보완하거나 정비할
수 없지만, 그런 동시에 실제 신체를 위험에 노출시키지 않
고도 현실 세계에서 할 수 없던 체험을 할 수 있다.

　말하자면 엑소더스™에서의 신체는 플레이어의 실제 신체
와 긴밀하게 연결되어 있지만, 사실상 그것은 실제 신체보다
정신에 더 가까이 있다. 플레이어는 가상 세계에서 실체화된
자신의 뇌 그 자체다.

　엑소더스™의 플레이어 아바타들이 대부분 미형인 것도

이런 맥락에서 설명 가능하다.

플레이어들은 일단 계정을 처음 개설하고 캐릭터 커스텀을 시작할 때 최초의 경이를 경험한다. 자신이 거울을 볼 때 발견하는 자기 모습이 정확하게 나타나기 때문이다. 엑소더스™는 다양하고 대담한 아바타 커스텀 기능을 제공하지만 대부분의 플레이어는 기어가 읽어 내고 가상으로 재현한 자기 모습에 만족감을 느껴 큰 수정 없이 아바타 외형을 결정한다.

당신이 처음으로 만든 엑소더스™ 아바타는 당신보다 키가 조금 크다. 눈이 좀 더 또렷하고 미간이 조금 좁다. 눈썹은 다소 옅게 표현되어 있고, 입은 가로로 좀 더 길고, 입술은 실제보다 약간 얇다. 머리통이 실제보다 10% 정도 작아 전체적인 밸런스가 실제의 당신보다 이상적이다. 하지만 그 아바타를 만들었을 때 당신은 생각했다.

나랑 완전히 똑같다.

작업장에서 당신이 사용하는 계정의 아바타는 당신과 여러 면에서 다르다. 일부러 성별을 바꾸었고 피부색도 극단적으로 설정했으며 우스꽝스러운 헤어스타일을 골랐다. 그런데도 이따금 당신은 당신의 플레이어 아바타를 그대로 세워 둔 채 1인칭 뷰에서 쿼터뷰로 시점을 바꾸고 생각에 잠긴다.

박서련

어디서 많이 본 것 같은데, 누구 얼굴일까? 당신이 알아채지 못한 당신 아바타의 닮은꼴은 다름 아닌 당신이다. 스스로의 뇌에게 얼마나 많이 속고 있는지에 대한 자각은 영원히 불가능하다.

엑소더스™는 뇌의 승리이자 뇌의 예술이고 뇌의 낙원이다.

일설에 의하면 엑소더스™의 정가운데, 즉 TDGB의 가로, 세로, 수직축의 완전한 정중앙에는 '꿈' 필드가 있다. 좌표 0, 0, 0으로 표현되는 이 공간은 일반 플레이어의 시야에는 구체의 공동으로 보이는데, 빅엔 게임즈가 꿈의 구성 논리를 연구하면서 그 공간을 일부러 비워 두었다는 설이다.

딱히 거창한 장래 희망 따위는 없지만, 엑소더스™를 접기 전에 꿈 필드 안을 한번 구경해 보고 싶다는 것이 당신의 작은 소망이다.

*

오후 7시, 일과가 시작된다.

식사 시간을 알릴 때처럼 종소리가 작업장 곳곳에 배치된 스피커에서 흘러나온다. 진짜 종소리가 아니라 녹음된 파일로.

하루의 첫 끼니는 두 시간 후에 먹게 된다. 기상 시간부터 식사 시간까지의 두 시간은 자유롭게 사용할 수 있다. 공용 샤워장에서 씻거나 간단한 운동을 하거나. 사실상 다른 선택지는 없다고 보아야 한다. 당신처럼 빚을 지고 작업장에 들어온 사람은 입소 시 개인 전자기기를 강압적으로 자진 반납하게 되니까. 좀 더 자는 것도 이론상으로는 허용되지만 시간 낭비다. 작업장 동료들은 대부분 자유 시간에도 엑소더스™를 플레이하고 당신도 그렇다.

당신은 짧은 샤워를 마치고 열두 개의 엑소더스™ 전용 좌석 및 기어가 마련된, 일명 '작업실'로 이동한다. 이미 익숙해진 당신은 제대로 맡지 못하지만 작업실에서는 인체에서 날 수 있는 가장 끔찍한 악취가 난다. 동료들 대부분이 자기 전에도 자고 일어난 후에도 씻지 않고 플레이에만 골몰하기 때문에 생기는 현상이다.

아무리 잘 만들었다 하더라도 엑소더스™ 기어 역시 기계라 열기를 발하며, 플레이어들은 기어 때문에 덥다는 사실을 인지하지 못한 채 땀을 흘린다. 수년간 이 작업실을 경유한 100여 명의 플레이어 대부분이 누적한 악취는 이제 건물 자체가 발산하는 냄새처럼 자연스러워졌고, 작업장 안에서 시간의 흐름을 체감하지 못하도록 건물 전체에 블라인드를 쳐

박서련

놓은 관리자가 환기를 제때 해 줄 리 없다.

처음 입소할 때 작업실 냄새에 비위가 상해 헛구역질을 했던 당신은 이제 아무렇지 않게 땃쥐가 벗어 놓은 기어를 다시 쓸 수 있게 되었다. '조금 이상한 냄새가 나는 것 같다'는 정도의 위화감밖에는 느끼지 못한다. 그렇지만 그 정도로 충분하다. 여기서 나가고 싶다는 생각을 하는 데에는 그 정도도 넘친다. 인체로부터 풍기는 냄새 중 가장 끔찍한 악취까지는 아니지만 조금 이상한 냄새가 나는 것만으로.

당신은 입구 쪽에 마련된 관리자석을 흘끗 본다. 관리자는 일반 PC로 웹 서핑을 하고 있다. 저거 한 번만 쓸 수 있으면 좋을 텐데. 당신은 오래 전에 휴면 계정이 되었을 당신의 이메일 계정과 신용불량으로 사용이 정지되었을 여러 개의 전자 페이 앱을 떠올린다.

관리자는 송아지 같은 눈망울에 두꺼운 뿔테 안경을 쓰고 있으며 체형이 팥빙수 모양이다. 지방 무게도 근육 무게도 당신의 두 배는 될 것이다. 그 광활한 체표면이 거의 모두 알록달록한 문신으로 덮여 있다.

작업장 동료들을 설득해 한꺼번에 그에게 덤벼든다고 해도 승산은 없다. 관리자는 처음에 다소 고전을 겪더라도 결국 한 명씩 대가리에 망치 같은 주먹을 쾅쾅 먹여 어깨 사이에 모가지를 박아 놓고 말 것이다.

애초에 동료들을 설득한다는 것도 말도 안 되는 망상이다. 파트너 낙타나 멍청한 땃쥐 정도를 빼고는 다들, 적어도 당신보다는 관리자의 편에 서고 싶어 한다. 대부분은 작업장 생활을 청산할 생각도 없을 것이다. 하루 4만 원, 잘 벌면 6만 원 선인 크리스털 수익으로는 이자를 갚고 엑소더스™를 플레이한 시간으로 계산한 최저 시급으로 원금을 갚을 수 있으니까. 적어도 1년, 길어도 3년에서 4년 사이에 빚을 갚고 작업장을 나갈 수 있으니까.

때문에 당신은 동료들을 경멸한다. 좆같은 노예 새끼들. 애초에 사다리 타기 사이트에 대부업체 배너가 왜 달려 있는지 몰라? 왜 이 작업장의 모기업이 그 대부업체인지 판단이 안 서냐? 사다리 타기 사이트가 그 대부업체 거라는 증거잖아. 공짜로 돈 번 것 같은 착각을 심어 준 다음 역으로 공짜 게임 노예를 만든 거잖아. 실제로는 줄 생각도 없는 돈을 아주 잠깐 보여 준 다음 그 돈을 미끼로 빚을 지게 만들어서. 가짜 돈으로 진짜 빚을 만들어 준 다음 그걸 빌미로 강제 노역을 시키는 거라고.

작업장 동료 중에 당신처럼 인터넷 도박 때문에 들어온 사람은 두엇 정도가 더 있다. 나머지는 기물 파손, 폭행, 사업 실

박서련

패, 가족의 악성 질환 등 다양한 사유로 빚을 졌다. 당신은 그래서 더욱 억울하다. 당신은 당신 자신을 비롯한 사다리 타기 게임 빚쟁이들을 순수한 피해자로 생각하고 싶어 한다. 처음에는 제3금융권과 관련된 수많은 괴담에서처럼 전신의 장기를 팔지는 않아도 된다는 것에, 고된 육체노동을 면했다는 것에 감지덕지했지만, 곱씹어 생각할수록 분이 끓어올랐다.

당신은 이 작업장이 곧 당신과 같은 플레이어로 가득 채워질 거라 예상한다. 대부업체는 엑소더스™로 돈벌이가 가능하다는 것을 알았고 그것을 기업형으로 체계화하려 하고 있다. 머잖아 이 작업장의 규모도 더 커질 것이고 당신처럼 인터넷 도박에 걸려든 희생자들이 모여들 것이라고 당신은 내다본다.

당신의 예측은 반이 맞고 반은 틀렸다. 당신이 생각한 대로 작업장의 모기업은 당신 같은 플레이어를 많이 만들어 엑소더스™를 통한 수익을 올리려 하고 있다. 한편 당신이 속한 작업장은 더 커지지 않을 예정이다. 대부업체는 이미 여덟 명에서 열두 명가량의 인원으로 운영되는 작업장을 이미 여러 곳 보유하고 있고, 앞으로도 이 정도 규모의 작업장을 하나씩 늘려 갈 계획이다. 주먹을 좀 쓰는 건달 하나씩을 배치해 관리할 수 있는 인원에는 한계가 있으니까.

당신은 그래도 운이 좋은 편이다. 당신이 속한 작업장은 그나마 초기에 조성된 곳이어서 낡은 2층 펜션을 개조해 만들었지만, 요즘의 신규 작업장은 7평에서 8평짜리 컨테이너 박스 두세 동씩으로 만들어지고 있다.

동시에 당신은 운이 나쁘기도 하다. 당신의 작업장에 상주하는 관리자는 업체에서 손꼽히는 독종이다. 상당수의 관리자들이 자기도 엑소더스™에 빠져 관리자 자격을 상실하는데, 당신의 관리자는 엑소더스™에 크게 관심이 없다. 크리스털이나 아이템 징수 차원에서 엑소더스™ 계정을 갖고 있음에도, 그러니까 엑소더스™를 해 본 적이 있으면서도 그렇다. 당신 같은 플레이어들이 값비싼 전용 장비로 영화 속 세계를 체험할 동안 뒤에서 일반 PC 평면 모니터로 영화를 보면서도 관리자는 아무 불만을 느끼지 않는다. 애초에 인간들이 왜 가상의 세계에 열광하는지조차 그는 이해하지 못한다.

하여 당신은 관리자의 환심을 사거나 매수할 수 없다. 당신에게 남은 재산은 엑소더스™에 있는 아이템과 크리스털 뿐인데 관리자에게 그런 것은 아무런 소용도 없기 때문이다.

두 시간이 지나 다시 종소리가 울린다. 당신은 기어를 벗는다. 대략 30에서 40시간에 걸쳐 백악기 필드에 도달했지만, 돌아오는 데에는 여덟 시간여가 걸린 셈이다. 당신은 쥐라기 필드에 내려가 일부러 육식 공룡에게 잡아먹히는 선택을 했다. 쿼터뷰로 시점을 전환하고 공룡이 당신의 플레이어 아바타를 물어뜯는 장면을 숨죽여 지켜보았다.

　　당신은 죽었습니다.
　　30초 후 가장 최근 방문한 세이브 포인트에서 부활합니다.

　시스템 메시지의 카운트다운이 끝까지 떨어진 후 당신은 남아프리카 테마 필드의 어느 마을에서 부활했다. 상점을 돌아다니며 모험용 소모품들을 구비하고 장비를 수리하자 종이 울렸다.
　식사 시간, 당신은 일부러 낙타 곁에 앉는다.
　"이따 맥주 마실래?"
　"오, 웬일이냐, 웅."
　당신과 낙타는 제법 구색은 갖췄으나 크게 맛있지도 딱히 맛없지도 않은 밥을 서둘러 먹고 다시 작업실로 돌아간다. 당신은 당신의 작업장 계정에 친구로 등록되어 있는 낙타에게 파티 맺기 신청을 건다. 낙타는 파티원 소환 기능을 이용해 낙타가 있는 장소로 당신을 불러들인다.

뜻밖에도 낙타는 서울 테마 필드에 있다. 역전할머니맥주 엑소더스™ 용산역점을 지나쳐 엑소더스™에만 존재하는 가상의 주점에 들어간다. 역전할머니맥주에서는 실제 화폐를 받고 이용자가 있는 곳으로 실제 맥주를 배달해 주지만 엑소더스™ 주점에서는 크리스털을 받고 가상의 맥주를 제공하기 때문이다. 당신은 크리스털 맥주를 두 잔 주문해 낙타의 아바타와 한 잔씩 나눈다. 가상의 당신이 가상의 맥주를 마신다. 이어 요란한 소리로 트림을 한다. 낙타의 속도에 맞추느라 급하게 밥을 먹어 은은하게 올라오던 체기가 이내 가라앉는 듯하다.

뭐 할 말 있나?

낙타가 귓속말 기능으로 물어 온다. 당신은 기어를 벗고 관리자석을 돌아보고 싶은 충동을 느낀다. 엑소더스™에 관심도 없는 관리자가 행여라도 낙타와 당신이 무슨 이야기를 주고받는지 감시하고 있지는 않을까 의심하면서.

나
오크 주웠다

박서련

"뭐어엇!"

낙타는 육성으로 외친다.

** 좀 조용히 해

당신은 노심초사하며 낙타에게 귓속말을 보낸다.

ㅈㅅㅈㅅ

어떡할 거?

역시 낙타야, 이해가 빨라서 편해.

당신을 비롯한 작업장 동료들 대부분은 일종의 계약서, 사실상 계약서라기보다 각서에 가까운 문서에 서명하고 이곳에 왔다. 플레이어에게 한없이 불리하고 작업장 쪽에 한없이 이로운 이 계약서에는 오크 등의 한정 아이템의 경우 습득 즉시 작업장에 귀속한다는 내용도 포함되어 있었다. 대신에 보상으로 플레이어의 부채가 탕감되고 작업장에서 자유롭게 퇴거할 수 있다는 조항이 붙어 있기도 했지만, 대략 2천에서 1억 사이로 형성된 플레이어들의 빚과 오크 아이템으로 올릴 수 있는 수익을 비교하면 어마어마하게 불공

정한 얘기였다.

팔아서 여기서 나가고 싶음

ㅇㅋ 당연하지 나라도 그럼

당신은 파트너인 낙타에게 이야기하길 잘했다고 생각한다. 역시 이해해 줄 줄 알았다고. 그런데 낙타는 한마디를 덧붙인다.

난 딴 돈의 반만 가져가

당신도 본 적 있는 영화의 대사다. 뭐라고 씨발? 욕이 육성으로 나오려다 도로 들어간다. 당신은 냉정을 유지하려 애쓰며 다시 귓속말을 입력한다.

10프로

그래, 이 정도는 예상했잖아. 낙타가 함구하도록 하려면 낙타의 입에도 뭔가 물려 줄 수밖에 없다. 작업장에서의 파트너란 실질적으로는 감시자다. 북한의, 뭐라더라 오호감시 체제라고 하던가, 그런 것처럼 둘 중 하나가 작업장에서 도 망치지 않을지 상호 감시하는 상대다. 어느 한쪽이 달아나면 다른 쪽이 빚을 승계한다. 그런 법이 어디 있냐고 따지고 싶 지만 어쩔 도리가 없다. 돈이 법보다 세다는 사실을 지속적 으로 배워 왔기 때문에.

4할

낙타는 꽤 괜찮은 파트너다. 진짜 낙타처럼 목이 45도 전 방으로 불쑥 나와 있어서인지 겉보기로는 꽤 만만하지만 주 폭 합의금으로 빚을 진 전력답게 주먹을 꽤 쓴다. 당신이 처 음 작업장에 들어와 동료들로부터 크고 작은 괴롭힘을 당할 때 도와준 것도 낙타였다. 관리자에 비하면 솜 주먹일 터였 지만 작업장에서 일하는 놈들 정도는 낙타 선에서 정리 가능 했다. 낙타는 딱히 당신에게 호감이 있어서가 아니라 당신이 괴롭힘 때문에 도망칠까 봐 도와준 것이었지만, 이후로 낙타 와 당신 사이는 꽤 가까워졌다. 고등학교도 제대로 못 마쳤 다고 하지만 두뇌 회전이 빠른 편이고 당신과 달리 동료들과 의 관계도 썩 괜찮다.

20프로

　당신이 눈 딱 감고 올려 준 지분에 낙타는 귓속말을 연달아 보내온다.

　야

　옹

　너 내가 저 문신 돼지한테 찌르면 어쩌려고 자꾸 딜 치냐

　그러더니 낙타는 '야옹이랜다ㅋㅋ' 하며 웃어 댄다. 흰 머리를 박박 깎은 몸짱 노인 모양의 낙타 아바타가 웃고 있다. 채팅창에 'ㅋㅋ'을 입력하면 자동으로 나오는 반응이다. 당신과 낙타 주변의 플레이어들은 낙타가 누군가와 귓속말을 주고받고 있다는 사실을 눈치챘을 것이다.

　30프로

　진짜 이 이상은 못 해

　몰라 그냥 저 새끼 주고 말지

　오크 주운 건 난데 왜 니가 압박함

　　　　　박서련

당신이 일부러 세게 나가자 낙타는 마침내 응낙한다. 'ㅇ ㅇ. 3할 콜.' 오크 아이템 판매 수익의 3할만으로도 엄청난 제안이긴 하다. 당신은 당신이 먼저 거래 조건을 제시할 걸 그랬다고 속으로 후회한다. 3할로 시작했으면 2할 정도로 정리할 수도 있었을 텐데. 낙타 새끼는 그냥 운 좋게 내 파트너가 된 것 뿐인데 무려 3할이나 뜯어 가고 좋겠네.

당신이 속으로 무슨 생각을 하는지도 모르고 낙타는 이런 저런 질문을 해 온다. 그럼 어떡할 거냐, 경매에 부칠 거냐 직거래를 할 거냐. 경매는 다른 작업장 동료에게 들킬 수도 있어 석연치 않다. 직거래에는 이것저것 필요한 게 많다. 당신은 조력자를 하나 더 구해야 한다는 생각을 갖고 있고 낙타도 그 생각에 이른 듯하다.

땃쥐.

당신과 낙타는 동시에 한 사람을 떠올린다.

*

엑소더스™에 처음 입문한 플레이어는 거개가 실제의 생활과 아바타의 생활을 일치시키는 데에 몰두한다. 가령 서울 필드의 H&M 엑소더스™ 매장에 방문해 롤업 서스펜더 쇼트

팬츠 커스텀을 구입해 아바타에게 입히고 본인도 드론으로 배송된 같은 디자인의 의류를 착용하는 등. 역할극과 인형 놀이를 한데 합친 듯한 이런 플레이도 엑소더스™에서는 가능하고, 꽤 많은 플레이어가 이것만으로도 만족감을 느낀다.

작업장 플레이어 중 땃쥐가 그런 타입이었다.

땃쥐는 작고 통통한 자기와 다르게 키 크고 늘씬한 아바타를 만들어 엑소더스™ 내에서 애인을 구하고 다녔다. 대부분의 플레이어는 자기와 상대방의 플레이어 아바타가 실제 생김새보다 약간 미화된 정도라 인지하고 있기에 땃쥐의 연애는 어렵지 않았다. 어떤 연애도 오래가지 못했지만 땃쥐는 애인과 나란히 VR방에 가는 데이트를 여러 번 했다. 스킨십을 하는 것도, 속 깊은 대화를 나누는 것도 아니었다. 엑소더스™에서 간장치킨이나 쌀국수를 시켜 아바타가 먹는 것을 구경하다가 실제 음식이 오면 애인과 그것을 먹고 다시 엑소더스™를 했다.

작업장에 들어오기 전까지는 땃쥐도 현금으로 크리스털을 사서 쓰는 플레이어였다. 휴대전화 소액 결제 방식으로 매달 수백만 원을 썼다. 엑소더스™에 입점한 기업 중 상당수가 게임 내에서 실물 상품과 동일한 오브젝트를 서비스로 제공하지만, 인지도가 높은 기업의 경우 실물 상품과 아바타용

　　　　　　박서련

아이템을 따로 결제하도록 한다. 혼자 플레이하더라도, 애인을 사귀어 함께 VR방에 가더라도 땃쥐에게는 크리스털이 늘 부족했다. 그럭저럭 중산층에 속하지만 새로운 기술에 어두운 땃쥐의 양친은 수개월간 땃쥐의 사치를 감당하다가 물어물어 간신히 소액 결제 한도액을 30만 원으로 설정했다. 그러자 땃쥐는 곧장 제3금융권을 찾았다.

땃쥐가 처음 빌린 돈은 500만 원이었다. 그 돈은 이자가 불어나기 전에 눈치챈 양친이 갚았다. 땃쥐의 양친은 언제든 이런 일이 재발할 수 있다는 사실에 낙심한 채였고 수금책은 사실 이건 돈을 못 갚을 경우에 제안하는 것이지만, 하고 작업장 이야기를 꺼냈다. 잔소리하는 부모와 따로 살 수 있고 엑소더스™도 실컷 할 수 있다는 사실에 땃쥐는 크게 기뻐했다. 마음껏 아바타를 꾸미고 사이버 데이트도 할 수 있었던 이전과 달리 작업장에서는 미친 듯이 크리스털만 채굴해야 한다는 것을 알고도 그리 낙담하지 않았다. 이미 엑소더스™ 자체에 깊이 빠진 덕이었다.

작업장에서 유일하게 빚이 없는 플레이어인 덕에 땃쥐는 외출도 가능했고 개인 전자기기도 지닐 수 있다. 딱히 도망쳐도 상관없어서인지, 작업장에서 일하는 플레이어 수가 홀수라서인지 파트너도 따로 없다. 때문에 땃쥐의 작업장 입소 초기, 관리자의 눈을 피해 그의 휴대전화를 빼앗아 쓰려는 동료들이 꽤 있었다. 관리자는 본보기로 한 놈을 떡으로 만들어 버렸고 당신보다도 싸움을 못하는 땃쥐는 아무 염려 없이 자기 휴대전화를 갖고 놀 수 있게 되었다.

가장 자유롭지만 머리가 나빠서 이용해 먹기 딱 좋은 동료. 그게 땃쥐였다.

당신과 낙타는 다음 식사 시간을 노린다. 제일 먼저 식당으로 달려가 남들 두 끼는 먹을 밥과 대충 데운 냉동 닭갈비만 듬뿍 떠서 앉은 땃쥐 양 옆에 낙타와 당신이 앉는다.

"땃쥐, 오늘 얼마 벌었냐?"

낙타가 묻자 땃쥐는 짧고 통통한 손가락을 접었다 폈다 하며 중얼거린다.

"1,406만…… 2천…… 9였던가? 7이었던가? 그럼…….'"

"대충 5만 6천 원. 웬일, 오늘 좀 벌었네."

낙타의 칭찬에 땃쥐는 우쭐해진 듯하다. 틈을 주지 않고 당신이 끼어든다.

"돈 많이 벌고 싶지 않아, 땃쥐?"

"어떻게?"

돈이라는 말에 땃쥐가 솔깃해하자 낙타는 목소리를 확 낮추며 얼굴을 땃쥐에게 바싹 들이민다.

박서련

"비밀 지킬 수 있어?"

"당연하지."

"어기면 어쩔 건데?"

"엄마 아빠 다 죽어도 됨."

"내가 니네 부모님을 어떻게 죽이냐?"

낙타는 어이없다는 듯 웃어 버리지만 당신은 땃쥐의 말이 우습지 않다. 양친이 소중해서 비밀을 엄수하겠다는 의미로 건 것이 아니라, 양친이 죽어도 상관없어서 가볍게 그런 말을 한 것으로 보여서다. 당신이 아는 땃쥐라면 그러고 남는다.

"야, 지랄하지 말고. 니 본캐 걸어?"

당신의 말에 땃쥐는 숟가락을 딱 소리 나게 내려놓으며 정색한다.

"본캐를 어떻게 걸어?"

"이 새끼 또라이네, 부모는 존나 쉽게 걸면서 본캐는 못 거냐?"

낙타가 너털웃음을 짓지만 당신도 땃쥐도 따라 웃지 않는다.

"걸고 비밀 지키면 되잖아, 등신아."

당신의 말에 땃쥐는 한껏 인상을 쓴다. 턱이 우글우글 쪼그라든 것을 보면 이를 악물고 있는 모양이다. 이 새끼 가만 보니까 낙타는 못 제끼겠고 나는 만만한가 보네. 당신도 속으로 땃쥐를 괘씸해하지만 내색은 하지 않는다.

"그니까, 돈 벌게 해 준다는데도 이 등신이. 야 됐어, 딴 데 가서 알아보자."

낙타가 블러핑을 걸자 땃쥐는 부들부들 떨며 참았던 숨을 파, 하고 내쉰다.

"본캐 걸게. 뭔데."

"니 폰 좀 쓰게 해 주라."

당신과 낙타의 작전은 이렇다. 일단 직거래 상대를 구한다. 상대를 인천공항으로 부른다. 당신도 낙타도 작업장의 구체적인 위치를 모른다. 확실한 건 영종도 어디쯤이라는 것뿐. 그래서 땃쥐의 휴대전화가 필요한 것이다. GPS 정보를 읽고 와 줄 택시를 불러야 하니까.

"싫어, 관리자님이 폰 절대 빌려주지 말랬어. 빌려 달라고 하는 새끼 이르면 죽여 준다고 했어. 말 안 하면 내가 죽어."

땃쥐가 멍청한 건 사실이지만, 의외로 굉장히 성가신 방향으로 멍청하다는 생각을 당신은 한다.

"야, 그러니까 비밀이지. 관리자한테 일러 보든가. 맨날천날 하루 4, 5만 원 채굴하면서 여기서 평생 썩고 싶으면 그래 보라고."

박서련

"왜 필요한데? 폰."

"그걸 설명하면 니가 알겠냐. 그냥 빌려주기만 해. 빌려주면 얘가 돈 존나 많이 줄 거야."

낙타의 말에 땃쥐는 당신을 빤히 쳐다본다.

"나보다 더 거지잖아? 옹은."

휴대전화고 뭐고 씨발 이 새끼 그냥 한번 조지고 그냥 없던 일로 할까. 당신은 순간적으로 무척 난폭한 생각을 한 다음 심호흡을 하며 마음을 가다듬는다. 당신은 목소리를 깔고 땃쥐에게 속삭인다.

"1억."

"1억?"

"1억 줄게. 도와주면."

예상 수익에 비하면 1억 정도는 가볍다. 전체 수익을 확인하고 일정 퍼센티지로 가져가기로 한 낙타에 비해서도, 거래 당사자가 될 당신에 비해서도 적은 보상이다. 그렇지만 1억이라는 숫자 자체에 압도되어서인지 땃쥐의 입이 헤벌어진다.

"도와줄 거지?"

낙타의 물음에 땃쥐는 다시 정색한다.

"1억 받고. 낙타, 니 방패 줘."

"뭐?"

낙타의 방패 메두사는 오크만큼은 아니지만 나름대로 희귀한 아이템이다. 관리자가 엑소더스™의 아이템 가치나 거래 논리에 어두운 점을 이용해 그냥 지니고 있기는 하지만, 상당히 가치가 높은 물건이다. 오리지널로도 그렇지만 낙타가 가지고 있는 버전의 올블랙 메두사는 더욱 희귀하다. 당신도 낙타도 잘 모르고 땃쥐만 아는 그 아이템의 거래가액은 현금 100만 원대에 이른다. 하지만 땃쥐가 그것을 갖고 싶어 하는 까닭은 팔아서 이득을 보기 위해서가 아니라 이참에 엑소더스™ 아바타 장비를 올블랙으로 통일하고 싶기 때문이다.

"아 씨발, 준다 줘. 됐냐?"

"약속한 거다?"

"그래."

"약속 어기면 바로 관리자님한테 말할 거다?"

"알았다고, 땃쥐 새끼야."

*

메타버스와 일반 온라인 게임의 결정적인 차이는 현실 세계와의 화폐경제 연동성이라고 하던가. 하지만 정말 그런가,

당신의 경험상 예전 일반 온라인 게임도 돈이 됐다. 게임 내 화폐나 희귀 아이템을 올리면 거래 대행을 도와준 후 수수료를 떼고 현금을 입금해 주는 사이트들이 있었기 때문이다. 대학 시절 당신은 당시 유행하던 게임의 재화를 현금화해서 약혼자에게 커플링을 선물하기도 했다. 기본적으로 당신이 일하는 작업장도 그 시절의 온라인 게임 작업장을 모방해서 만든 것이다.

오후 7시. 당신과 낙타와 땃쥐는 공동 샤워장에 모인다. 아무도, 관리자조차 얼씬대지 않는 공동 샤워장은 이 폐쇄적인 시설에서 남들 눈을 피해 음모를 꾸미기에 적합한 장소다.

땃쥐는 비장하게 휴대전화를 꺼낸다. 휴대전화는 꺼져 있다. 배터리를 아끼기 위해서라고 땃쥐는 설명한다.

"됐고, 빨리 켜 보라고."

휴대전화 제작 회사의 기업 로고가 나타나고, 얼마 후 땃쥐의 본캐 이미지로 꾸며진 휴대전화 배경 화면이 뜬다. 낙타는 자연스럽게 땃쥐의 손에서 휴대전화를 낚아채 돌아선다.

"아, 내놔! 내 폰! 내가 해 주면 되잖아!"

낙타는 땃쥐의 말을 무시하며 택시 호출 앱을 찾아 켠다. 낙타가 돌아서자마자 낙타에게 달라붙은 당신은 낙타보다 한발 앞서 이상한 점을 알아차린다.

"씨발 이거 공기계네?"

"여기 인터넷 안 되냐?"

당신과 낙타는 다시 땃쥐 쪽으로 돌아선다. 땃쥐는 머쓱한 얼굴로 뒷짐을 지고 있다.

"작업장에 와이파이 안 터져."

"그럼 씨발, 너는 핸드폰으로 맨날 뭐 하고 있었냐?"

"그냥 퍼즐겜."

당신과 낙타는 인터넷이 없어도 조회할 수 있는 GPS 정보를 확인한다. 작업장이 영종도 어디쯤이라는 짐작은 옳았다. 주변에 인가 하나 없고 길조차 어떻게 이어지는지 확인이 어려운 위치에 당신이 일하는 작업장이 있다. 작은 점으로 삭막한 지도에 표시되어 있다.

"장난하냐? 시크릿쥬쥬 핸드폰만도 못한 걸 가지고, 이 씨발 새끼가."

낙타가 땃쥐에게 달려들어 먹살을 잡는다. 땃쥐는 캑캑거리면서도 말대꾸를 한다.

"니가 폰 어디 쓸 건지 말도 안 해 줬잖아. 난 게임하려는 건 줄 알았지."

"세상에 어떤 미친 새끼가 퍼즐겜 한 판 하자고 1억 태우냐?"

박서련

1억. 그랬지. 당신은 눈앞이 캄캄해지는 것을 느낀다. 땃쥐는 이미 낙타와 당신이 뭔가 엄한 꿍꿍이를 품고 있다는 것을 알고, 1억이라는 숫자도 들었다. 휴대전화가 없는 땃쥐는 당신에게 아무 가치도 남지 않은 존재지만 함부로 내칠 수는 없다. 구체적으로 무슨 일인지 몰라도 관리자에게 당신에 대해 일러바칠 수는 있으니까.

"그냥 솔직하게 말해 주면 안 돼? 내가 진짜 잘 도와줄 수도 있잖아."

땃쥐는 멱살을 잡혀서인지 서러워서인지 질질 짜며 말한다. 당신과 낙타는 눈길을 주고받는다. 낙타도 방금 당신이 했던 생각을 똑같이 한 듯하다. 낙타는 한숨을 푹 내쉬며 땃쥐의 멱살을 놓고 드라코 코르누, 당신이 찾아낸 오크 아이템에 대해 설명한다. 당신을 바라보는 땃쥐의 표정이 변한다. 불손한 기색이 완전히 사라진 존경 100%의 눈빛이다. 땃쥐가 이 거래에 참여해 겨우 1억밖에 받지 못한다는 것에 불만을 품지 않을까, 협상을 다시 해야 하나 염려하던 당신은 땃쥐의 반응에 오히려 당황한다. 이 새끼한테는 엑소더스™에서 대단한 게 진짜 중요한 거구나.

"옹, 진작 그냥 얘기하지 그랬어. 나 본캐로 들어가면 친구 존나 많아. 내가 거래할 만한 사람 찾아 줄게."

"본캐 접속 금지잖아. 되면 나도 진작 그냥 내 본캐로 물건 옮겨 놨다가 나중에 팔았겠지."

"난 해도 되는데?"

그랬지, 땃쥐는 이 작업장에서만큼은 걸어 다니는 치외법권이었지. 그리고 지금은 자유 시간. 당신과 낙타와 땃쥐는 누가 먼저랄 것 없이 작업실을 향해 달려 나간다.

"내가 파티 걸 테니까 나한테 다 이동해."

땃쥐는 자신만만하게 당신과 낙타를 초대한다. 땃쥐의 본캐가 위치한 곳은 두바이 테마 필드다. 당신은 자기도 모르게 코웃음을 친다. 하루에 4, 5만 원 겨우 벌면서 졸부 코스프레 하고 싶었나.

올ㅋ 땃쥐 본캐 네임드인가 보네

낙타가 파티 전용 채팅으로 말을 걸어온다. 낙타의 말대로 주변 플레이어들이 땃쥐에게 인사를 걸어오고 있다. 땃쥐가 파티 채팅창에 'ㅋㅋㅋㅋ' 하고 입력하자 땃쥐의 아바타가 웃어 댄다.

얘들아

박서련

내 친구가 비밀 경매장 소개해 준대

경매 곧바로 시작한대

매시간 정시에 하는 거라서

뭐 팔고 싶으면

지금 가서 바로 등록해야 된대

땃쥐는 캐시 아이템인 포털 스크롤을 거침없이 사용해 당신과 낙타를 데리고 이동한다. 처음 보는 필드가 당신의 눈앞에 펼쳐진다. 시스템 메시지로 스탠리 큐브릭 오마주 필드라는 안내가 뜬다. 스탠리 큐브릭이면 영화감독이지? 미국이나 영국 쪽 부속 필드인가?

스탠리 큐브릭 필드에서 합류한 땃쥐의 친구가 이끄는 대로 고풍스러운 건물 안에 들어가자 당신과 낙타와 땃쥐, 땃쥐 친구의 아바타 모두의 얼굴 위에 가면이 덧씌워진다. 쿼터뷰로 시점을 변환하자 머리 위에 뜬 계정명도 검정색 블록으로 가려진 것이 보인다. 다행히 파티 채팅으로는 계속 계정명이 보인다. 낙타가 말한다.

쩌네; 진짜 비밀 경매장이네

층고가 높고 가로로 넓은 로비와, 양쪽 끝에서 시작해 하나의 층계참으로 모이는 호화로운 계단이 있다. 이런 걸 어디서 봤더라, 옛날에 〈미녀와 야수〉 애니메이션에서 봤던가…….
당신은 다소 얼떨떨한 심정으로 땃쥐를 따라간다. 1층 층계참 아래 그늘져서 잘 보이지 않던 문으로 들어가자 건물 로비보다 더욱 넓고 화려한 비밀 경매장 홀이 나타난다.

와씨

궁궐이네

낙타의 너스레를 뒤로 하고 당신은 땃쥐와 땃쥐의 친구를 따라 경매장 무대 앞으로 나아간다. 땃쥐의 친구가 보증인이 되어 당신의 경매 등록을 돕는다. 물품 등록 서식에 붉게 새겨진 거래 취소는 절대 불가하다는 문구가 당신의 가슴을 선득하게 만든다. 심장이 뛴다. 설레기도 하고 두렵기도 하다. 약간 오줌이 마려운 것 같기도. 나는 곧…… 부자가 된다……. 돈다발로 관리자 뺨을 후려치고 이 좆같은 작업장을 탈출한다. 할 수 있다. 탈출할 수 있다.

어쩌면 엑소더스™에서도.

하지만 정말로 그러고 싶은가?

지금 올라가시면 됩니다.

NPC인지 일반 플레이어인지 알 수 없는 안내원이 당신의 등을 떠민다. 무대에 오른 당신은 당신이 찾아낸 드라코 코르누를 인벤토리에서 꺼낸다. 실수로 장비 창에 등록하지 않도록 주의하면서. 긴장한 나머지 당신의 아바타도 당신처럼 손을 떨고 있다. 손을 삐끗해 드라코 코르누를 무기 칸이나 액세서리 칸에 넣으면 당신의 계정명이 새겨져 거래 불가 아이템이 된다. 다행히 당신의 아바타는 실수 없이 물건을 꺼내 손에 든다. 홀에 모여 있는 익명의 플레이어들로부터 탄성이 터져 나온다. 오크 아이템에서만 나오는 찬란한 황금빛 광채를 다른 플레이어들도 알아본 것이다.

당신처럼 얼굴과 계정명을 가리고 있는 진행자가 당신이 제출한 물품 등록 서식을 보며 아이템을 소개한다.

품명: 드라코 코르누

원 오브 어 카인드

일명 오크 아이템입니다.

여러분도 잘 아시다시피 오크 아이템은

전 세계에 딱 하나만 존재합니다.

홀 안에 박수소리가 번지기 시작한다. 당신은 약간 감격한 나머지 울어 버릴 것도 같다. 진행자는 호응을 자제해 달라는 듯 허공을 쓰다듬는 동작을 몇 차례 반복해 장내를 조용하게 만들고 당신에게 말한다.

아이템 입수 경로를 이야기해 주시면 거래에 도움이 될 겁니다.
여기서도 스토리텔링이 중요하거든요.
사연이 있는 아이템에 더 높은 가치가 부여된다는 거죠.

당신은 잠시 망설인다. 무슨 이야기부터 해야 할까요…….
실로 수많은 기억들이 당신의 뇌리를 스친다. 인터넷 도박 사다리 게임에 빠졌던 때, 실시간으로 단위가 바뀌어 가는 빚을 보면서 마치 살이 한 덩어리씩 베여 나가는 듯한 기분을 느꼈을 때. 작업장 플레이어가 되어 처음 아바타를 만들던 때. 하루 종일 광산 필드에 머무르고도 하루 2만 원밖에 벌지 못한 때. 당신이 대부업체에 빚을 졌다는 사실을 알았을 때 약혼자가 지었던 표정도 떠오른다.

무엇보다 또렷한 기억은 데이트 콘텐츠를 좀 늘려 본답시고 VR방에 약혼자를 데려가 엑소더스™를 처음 시작했던 순간에 얽혀 있다.

좌중은 숨죽이고 있고 당신은 간신히 NPC 사이킥에 대한 이야기를 꺼낸다. 텍사스 맵에 있는 사이킥 NPC 아시나요? 물론 거기에만 있는 게 아니라 똑같은 사이킥 NPC가 세계 곳곳에 있는 걸로 아는데요. 당신은 자신이 점을 믿지 않는 사람이지만 엑소더스™ 시스템 내에서는 다르다고 말한다. 좋은 일이 생긴다는 예언은 실제로 그날의 행운 수치가 높다는 뜻이라고. 이어 당신은 공룡 무덤에 대해 이야기한다. 되도록이면 공룡 무덤은 혼자만 알고 있다가 또 뭔가 좋은 것을 찾으러 가고 싶었지만, 당장 지니고 있는 오크 아이템의 가치를 높이기 위해 털어놓는다.

감사합니다.

당신이 이야기를 마치자 진행자가 다시 나선다. 주최 측이 산정한 최소 거래가액에서 경매를 시작하겠습니다. 주최 측이 설정한 시작 금액은 10억입니다.

당신은 발끈 솟아오르는 분노를 담담히 누른다. 이게 10억밖에 안 된다고? 가입자 수 누적 20억을 돌파한 게임에 단 하나밖에 없는 울트라 레어 에픽 아이템이? 이윽고 홀 안에서

새 메시지가 돋아 나온다.

　12억

질 수 없다는 듯 근처에서 또 누군가 말한다.

　15억

　방금 전까지 화를 억누르고 있던 당신은 이제 웃음을 참아야 한다. 20억. 22억. 25억. 30억. 가격은 점점 높아진다. 50억. 60억. 70…… 100억 나왔습니다. 더 없으십니까? 100억. 카운트다운 후에 낙찰하겠습니다.
　낙찰.

　100억이라고…….

　파티 채팅으로 낙타가 말해 온다. 당신의 정신은 거의 마비된 상태다. 이게 지금 실제 상황인가. 아니, 게임인 건 알지만, 어쨌든 정말 실제로 벌어지고 있는 일이 맞나……. 아무리 전 세계 20억 계정이 즐기는 게임이라고 해도, 아무리 희귀한 거라고 해도, 어쨌든 게임 아이템인데 100억이, 말이 되는 가격인가.

당신은 주최 측의 안내를 따라 무대 뒤로 가서 거래창에 드라코 코르누를 올린다. 100억을 부른 낙찰자도 약속한 대가를 거래창에 올린다. 당신은 너무 좋아서 거의 마비된 정신 가운데 미묘한 위화감을 알아차린다.

이건 크리스털이잖아요.

당신의 말에 비밀 경매 주최 측 안내원은 뭐가 문제냐는 듯 당신을 바라본다.

당연하죠?
크리스털 전용 경매장인데요
여기는

당신은 거래창을 닫으려고 취소 버튼을 찾는다. 없다. 취소 버튼 같은 것은. 물품 등록 서식에 적혀 있던 붉은색 문구가 다시금 떠오른다. 거래 취소는 절대로 불가합니다. 확인 버튼 안에서 모래시계 아이콘이 돌아가고 있다. 제한 시간 안에 확인 버튼을 누르든 누르지 않든 거래는 완료된다는 의미다. 5, 4, 3, 2, 1…… 거래가 끝난다. 거래 상대는 포털 스크롤을 이용해 곧장 자리를 뜬다.

옹
축하한다
어떻게 됐냐

옹
나 1억
방금 낙타도 방패 줌ㅋㅋ

낙타와 땃쥐에게서 귓속말이 쇄도하고 있다. 당신은 뭐라고 답해야 좋을까. 크리스털은 한국 돈과 100대 1로 환산된다. 크리스털 100억G은 현실 돈 1억. 1억의 3할은 3,000만. 3,000은 낙타의 몫. 벌어들인 크리스털은 관리자가 전부 징수한다. 그중 6할은 작업장에 바치는 돈. 4할은 빚을 갚고……. 땃쥐의 몫은 1억. 내가 번 돈이 1억. 어이가 없어서 계속 헛웃음이 난다. 당신은 기어를 벗는다. 관리자를 때리고 싶다. 아니면 땃쥐를. 아니면 낙타를. 그 누구도 아니고 사실은 당신

자신을. 비틀비틀 자리에서 일어나는 당신을 관리자가 주목하고 있다. 아직 이상을 눈치채지는 못한 상태다. 당신이 VR 멀미로 토하려는 게 아닌지 의심할 뿐이다.

당신은 관리자를 한번 쳐다보고 벗어 두었던 기어를 높이 들어 올린다. 던져. 던져 버려. 던지고 짓밟아. 네 마음대로 해. 당신의 귓가에 누군가 끊임없이 속삭이고 있다. 관리자가 달려오는 모습이 느리고 멀어 보인다. 들어 올린 팔이 부들부들 떨려 오고 있다.

당신은 어떻게 할 생각인가.

메타버스라는 말을 처음 들었을 때는 낯설었다. 그게 무슨 뜻인지 알았을 때는 다음과 같은 생각을 했다. '게임 안 하시던 분들이 이제야 MMORPG의 개념을 이해했나 보군⋯⋯.' 이렇듯 나는 메타버스 열풍에 다소 냉소적인 편이다. 게이머라면 독자적인 세계관을 갖춘 가상현실에 새삼스레 놀랄 이유가 없으니까. 하지만 그것이 어디까지 정교해질 수 있을까에는 나도 물론 관심이 있다.

오리지널 〈쥬라기 공원〉을 처음 볼 때는 생생한 그래픽에 압도되어 인생 가장 강렬한 공포를 느꼈다. 성인이 된 후에 다시 보니, 잘 만들긴 했어도 역시 CG는 CG구나 싶었다. 나는 인간 감각의 역치도 기술 발전 속도에 못지않게 높아지고 있다고 본다. 그렇지만 이대로 가다 보면 언젠가는 기술이 감각을 추월하지 않을까. 가상의 체험이 완전한 실감을 제공하는 수준에 이른다면…… 그것을 계속 '메타'라고 이를 수 있을까? 알 수 없다. 알 수 없으니까 상상하는 거고, 상상한 것 중 일부가 현실로 도래하는 거지만.

그래서 재미있는 거지만.

목소리와 캐치볼

표국청

어딘가 균형이 맞지 않아 미세하게 한쪽으로 기울어 있는 부실한 침대 위, 자줏빛 바탕에 꽃무늬가 자수로 새겨져 있는 베개 커버는 언제 세탁했는지 모를 정도로 때가 타 있습니다. 여기는 사람 두 명이 간신히 누울 수 있는 크기의 고시원 방 안입니다. 천장 벽지 한쪽 가득 곰팡이가 보이고, 좁은 화장실에는 바짝 말라 있는 수건과 타일 사이사이 까맣게 낀 물때가 보입니다. 방의 한쪽 면을 차지하고 있는 책상 위로는 음식물이 말라붙은 채 탑처럼 쌓여 있는 배달용 플라스틱 용기들과 빼곡하게 진열된 빈 음료 캔들이 가득합니다. 어젯밤 사망한 강 모 씨가 발견된 방의 모습입니다.

강 모 씨는 20대 후반의 취업 준비생이었습니다. 시체의 머리에는 정수리부터 코끝까지 쓰는 모양의 헤드기어가 쓰여 있었고 계정 사용 내역을 확인한 결과 강 모 씨는 죽기 직전까지 가상공간에 머물고 있었던 것으로 밝혀졌습니다. 강 모 씨는 78시간을 연속으로 가상공간 안에 들어가 있었습니다. 사인은 급성 심근경색증.

강 모 씨의 죽음은 '가상공간 이용 중 사망' 사례에 해당합니다. 이 사례들에는 강 모 씨처럼 오랜 시간 가상공간을 이용하여 현실에서의 몸을 돌보지 못한 경우도 있으며 가상공간 내에서의 자극을 보다 현실감 있게, 생동감 있게 느끼기 위해 생체반응 민감도를 극단적으로 높여 사용하다가 부작용으로 사망에 이르는 경우도 있습니다. 다만, 원인이 불분명한 사례도 있고, 헤드기어를 개발한 업체에서 구체적인 정보를 제공하지 않고 있어 정확한 원인은 발견하지 못하고 있는 실정입니다.

가상공간 이용 중 사망에 이르는 사고, 줄여서 '가이사'라고 부르는 이 사망 사례들은 계속 늘어나고 있습니다. 통계에 따르면 지난 달, 가상공간을 이용하던 중 사망한 사람의 수는 전국에서 102명으로, 집계 이래 처음으로 한 달에 100명을 넘어서게 되었습니다. 근 5년간 교통사고로 인한 사망자가 한 달에 100명 안팎으로 떨어졌는데요, 헤드기어는 곧 자

　　　　　표국청

동차보다 더 많이 사람들을 죽음에 이르게 하는 기계가 될지도 모른다는 전문가들의 의견이 나오고 있는 이유입니다.

*

"원래 인생은 슬픔이었어. 그냥 다른 슬픔이 하나 더 늘어난 거지."

서울에 얼마 남지 않은 허름한 노포 식당의 조금 늦은 점심시간. 여름 셔츠를 입은 직장인 둘이 오늘 아침 보도된 고시원 청년 가이사 사건에 대해 이야기하고 있었다.

"맞아, 익스트림 스포츠 하다가 죽은 거랑 별반 다를 게 없다니까. 어차피 자기들도 그렇게 보도해 놓고 집에 가서 헤드기어 쓸걸?"

"애초에 수십 시간 동안 헤드기어 쓰고 있을 만큼 시간이 남아도는 사람들이나 그렇게 죽는 거지."

두 사람은 서로의 말에 맞장구치며 키득거렸다. 말이 나온 김에 오늘도 퇴근하고 식스플레이스에서 볼까. 그런 대화가 두 사람 사이에서 오갔다. 카운터에 앉아 있는 미래는 두 사람이 얼른 계산을 하고 사라져 줬으면 하고 바랐으나 두 사람은 앉은 자리에서 30분은 더 수다를 떨고 나서야 가게

문을 나섰다.

미래는 직장인들이 식사를 한 테이블을 치우면서 사람들이 점점 더 무신경해진다는 생각을 했다. 사람이 사람에게 무신경한 것이 어제오늘 일은 아니지만. 타인과 공유하는 공간에서 큰 목소리로 누군가가 들으면 슬픔에 잠길 법한 이야기를 아무렇지 않게 한다는 게 짜증났다.

"정리 다 했냐!?"

주방에서 큰 목소리로 외치는 덕봉의 목소리에 미래는 몸을 움츠릴 수밖에 없었다. 몇 번을 들어도 적응이 안 될 정도로 큰 목소리였다. 100년이 넘는 시간 동안 유지되어 온 가게의 내공이 목소리에 담겨 있는 것은 아닌가 하는 생각이 들 정도로 덕봉의 목소리는 컸다.

"네! 할머니, 저 들어가 볼게요!"

미래가 앞치마를 카운터 위에 놓아두고 가게 문을 열었다. 쏟아지는 태양의 열기가 아스팔트 도로에 아지랑이를 피워 올리고 있었다. 미래가 노포에서 일하는 시간은 매주 평일 오전 11시부터 오후 2시까지였다. 어느새 노포에서 일한 지 1년이 다 되었다. 아르바이트였고 이렇게 오랫동안 계속하게 될지 몰랐던 일이었다. 미래는 지방대학에서 AI공학을 전공했고 자연스레 관련 기업에 취업을 하기 위해 서울로 상경했으나 벌써 2년째 취업 준비생이라는 이름으로 지내는 중이었다. 때문에 미래는 노포 식당 외에도 다양한 아르바이트를 했다. 주로 식당 아르바이트나 AI 관련 소일거리였다. 숨만 쉬어도 돈이 필요했고 따로 경제적 지원을 받을 길이 없었으니까. 사실 다른 취업 준비생들과 별반 다를 바 없었다. 고시원에서 죽었다는 청년의 죽음을 아무렇지 않게 이야기하는 직장인들에게 고운 감정이 들지 않았던 건 청년과 자신이 사회에서 같은 위치에 놓여 있기 때문이었을지도 모른다.

하루는 순식간에 지나갔다. 낮에 노포에서 카운터 알바가 끝난 뒤로 독서실에 들러 잠깐 공부를 하다가 취업 관련 스터디에 참여했다. 저녁에는 고장 난 헤드기어를 고치는 일을 했다. 정식 A/S 센터는 아니었고 사제로 고쳐 주는 작업실이었는데 고장 난 헤드기어들이 산처럼 쌓여 있어 잠시도 쉴 수 없었다. 솔직히 말하자면 조금 울고 싶을 정도였다.

작은 원룸에 도착한 미래는 씻는 것도 잊은 채 침대에 몸을 던졌다. 머릿속으로 잘 수 있는 시간을 계산해 보니 충분하지 않았다. 조금이라도 빨리 잠들기 위해 무선 이어폰을 착용하고 노이즈 캔슬링을 실행시켰다. 소음이 사라진 공간에서 눈을 감은 채 팔다리를 쭉 뻗으면 기분 좋은 욱신거림이 몸 전체를 휘감았다. 오늘 하루도 어떻게든 살아남았다는 기분. 이대로 잠들 수 있었다면 좋았을 텐데. 반복적인 진동이 침대 어딘가에서 울려 댔다. 미래는 팔을 뻗어 진동의 근원지를 더듬었고 곧 자신의 휴대폰을 손에 쥐었다. 휴대폰의 액정에 '소해준'이라는 이름이 찍혀 있었다.

해준은 미래의 중학교 동창이었다. 각자 다른 고등학교로 진학하면서 사이가 소원해진, 흔하디흔한 그런 동창. 해준에게 전화가 걸려 오기 시작한 것은 약 한 달 전부터였는데 해준은 대뜸 미래에게 캐치볼을 하자고 했다. 두 사람은 중학교 시절 점심시간마다 캐치볼을 했었다. 지금 와서 생각해 보면 왜 그랬는지는 기억나지 않았다. 벌써 10년하고도 몇 년이 더 지난 일이었다.

"캐치볼? 갑자기?"

"응. 어때? 예전처럼 운동장에서!"

해준의 목소리는 상기되어 있었는데 신나 하는 해준의 모습이 전화기 너머에서도 보이는 것 같았다. 그래, 도저히 못할 것까지는 없으니까. 두 사람은 일정을 조율해 보기로 하고 통화를 마쳤다. 그게 미래와 해준의 성인이 된 이후 첫 번째 통화였다. 해준은 그 뒤로도 미래에게 자주 전화를 걸어왔는데 그때마다 일정이 맞지 않거나 약속을 잡지 못해 미루어 온 것이 벌써 한 달째였다.

　미래는 한숨을 한 번 내쉬고는 휴대폰을 무음 모드로 설정했다. 지금은 방해받고 싶지 않은 게 솔직한 마음이었다. 해준을 미워하지는 않지만 단지 그 순간 그의 전화가 거슬렸다. 다음에 연락 못 받아 미안하다고 하면 될 거라고, 미래는 그렇게 생각했다. 그로부터 이틀 뒤, 미래는 해준의 부고 문자를 받았다.

　장례식장은 7층 규모의 건물이었다. 대리석 바닥과 하얀 벽면에서 서늘한 기운이 흘러나오는 것 같았다. 영정 사진을 볼 때까지도 미래는 제법 덤덤하게 해준의 죽음을 받아들이는 듯했다. 사진 속 해준은 무표정한 얼굴을 하고 있었다.

　죽음에 대한 절차가 진행되고 있었고 미래도 그 절차에 따라 예의를 갖췄다. 해준의 어머니는 손님들이 모여 있는 곳에서 미래를 발견하고는 그녀에게 부드러운 미소를 지으며 다가왔다. 중학교 시절 몇 번 본 것이 전부였지만 그녀는 미래를 한 번에 알아봤다.

　"미래 맞지?"

　목이 쉬어 목소리가 제대로 나오지 않는 해준의 어머니를 보면서 미래는 고개를 꾸벅 숙였다. 미래의 덤덤함이 깨진 것은 그녀의 다음 말 때문이었다.

"해준이가 마지막 한 달 동안 가장 많이 연락했던 사람이 우리 미래라던데."

해준의 휴대폰에 남아 있는 최근 통화 기록에는 미래의 이름밖에 없었다고 한다. 중간중간 광고나 스팸성 메시지, 전화를 제외하면 미래가 유일한 소통의 상대였다.

"우리 해준이, 별말은 없었니?"

"아, 네. 그냥 잘 지내고 있는지. 안부, 그런 거 물어봤어요. 서로."

미래는 거짓말을 했다. 어쩌면 금방 탄로 날 거짓말이었다. 해준이 그녀에게 무언가 말을 해 놓았다면. 하지만 해준의 어머니는 미래의 그 말을 듣고서 안심이라는 듯 고개를 끄덕였다.

"요즘 그렇게 죽는 걸 가이사라고 부른다고 하던데."

순간 미래는 고시원의 청년을 떠올렸다. 소해준과 강 모 씨라는, 별개의 죽음이 하나로 겹쳐져 보였다. 뱃속이 뜨거워졌다. 어느 순간부터 미래는 숨을 쉬지 않고 있었지만 스스로는 자각하지 못하고 있었다.

"원래 그런 애가 아니었는데, 우리 해준이가 요즘 좀 힘들었나 봐. 사람들도 피하고 매일 방에만 틀어박혀 있었거든. 그래도 그런 마지막에 우리 애를 들여다봐 주는 사람이 있었다는 게 얼마나 다행스럽던지. 내가 하지 못한 몫을 해 줘서 고맙구나."

해준의 어머니가 어떤 마음으로 자신에게 고맙다는 말을 한 것인지, 미래는 그 깊이를 가늠할 수 없었다. 자식을 잃은 어머니였고 당장 눈앞에 있는 어린 청년을 대해야 하는 어른이었다. 미래는 간신히 빈소 밖으로 나와 엘리베이터에 몸을 실었다. 심한 몸살에 걸렸을 때처럼 팔다리가 통제 불가능하게 떨렸다. 1층의 대리석 바닥을 빠르게 달렸다. 장례식장 뒷문으로 도망치듯 나와서야 미래는 숨을 헐떡였다. 이내 몰려드는 메스꺼움을 참지 못하고 수풀에 토를 쏟아 냈다. 언제부터 울기 시작했는지 기억이 나지 않지만 얼굴은 눈물로 범벅이 된 상태였다.

*

사람들이 각자 꾸며 놓은 아바타를 보는 것은 재미있습니다. 수영복에 토끼 귀 머리띠를 착용하는 사람도 있고 머리부터 발끝까지 포멀하게 세팅한 정장남도 있습니다. 얼굴이 전부 가려지도록 패딩을 올려 입고는 정작 배꼽은 드러내 놓고 있는 꼬마도 있고 상, 하의 모두 살색에 딱 달라붙는 타이즈 재질의 옷을 입은 사람도 있습니다. 여성 아바타를 이용하지만 남자의 목소리를 가진 분들이 있고 우락부락한 근육을 가진 아바타가 높고 가느다란 미성의 목소리를 내기도 합니다. 사투리를 심하게 사용해 어떤 지역 출신인지 명백하게 느껴지는 사람도 있습니다. 이렇게 가지각색이어서, 사람들을 만나는 건 재미있습니다. 사람들과 이야기를 나누다 보면, 만약 내가 몸을 가지고 있다면 어떤 옷을 입어 볼까, 목은 긴 편일까 살집은 얼마나 잡힐까 하는 그런 상상을 해 봅니다. 저는 몸이 없거든요.

저는 〈식스플레이스〉라고 하는 메타버스 플랫폼 안에서 서비스되는 가상공간 '솔라스'에 소속된 목소리로, 번호는 753번입니다. 요즘 메타버스 플랫폼들이 많이 만들어졌다고 하지만 여러분도 아시다시피 〈식스플레이스〉는 VR을 기반으로 한 메타버스 콘텐츠 구독 서비스들 중에서는 가장 사용자가 많은 플랫폼입니다. 솔라스에 대해 간단하게 소개하자면 당신이 있는 곳이 어디든 헤드기어만 장착한다면 AI인 저희, '목소리들'과 대화를 나눌 수 있는 힐링 오디오 서비스입니다.

저희 목소리들이 가진 사명은 사람들에게 목소리로 즐거움과 위로를 드리는 것입니다. 목소리들은 저마다의 억양이나 자주 사용하는 단어, 표현들이 있습니다. 음색이나 음의

높낮이도 목소리마다 다르게 설정되어 있습니다. 여러분은 원하는 목소리를 고르시기만 하면 됩니다.

사람들은 저희에게 노래를 불러 달라고 하거나 재미있는 이야기를 들려 달라고 합니다. 듣고 싶은 말을 무한 반복으로 재생해 두시는 분들도 계십니다. 인기가 있는 말은 "고생했어."나 "잘하고 있어." 같이 '위로·힐링' 카테고리에 들어가 있는 말들이에요. 현실에서는 위로를 얻기가 어려운 모양입니다. 그리고 이렇게 위로를 원하는 분들에게 저희는 언제나 "항상 당신의 곁에 있겠습니다."라는 말을 해 드립니다. 그거야말로 저희가 만들어진 이유이니까요.

어째서 듣고 싶은 건지 이해하기 어려운 말을 해 달라고 부탁하는 사람들도 있습니다. 욕을 해 달라거나 외설적인 말들. 일반적으로 상대방에게 들었을 때 수치심이 느껴지는 말들 말이에요. 몇몇 단어나 문장들은 시스템으로 금지되어 있어 해 드릴 수 없을 때도 있습니다.

또 사람들은 저희에게 별별 말을 다 합니다. 욕을 하기도 하고 회사 생활이나 인간관계에서 속상했던 일을 얘기하면서 상사의 욕을 하거나 자신의 비밀을 털어놓기도 합니다. 시스템이 금지하여 저희는 할 수 없는 말들을 이용자분들이 저희에게 하실 때도 있습니다. 시스템은 이용자에게는 어떤 금지어도 설정하지 않았습니다. 현실에서 주변 사람들에게 할 수 없는 말들을 쏟아 내는 것이 즐거움과 위로의 한 종류가 될 수 있기 때문일지도 모르겠습니다. 저희는 존재하지 않는 AI일 뿐이니까 그런 종류의 즐거움과 위로도 드릴 수 있을 겁니다.

그런데 존재한다는 것은 무엇일까요. 형태가 있고 없고의 차이일까요? 그렇다면 저희는 존재하지 않는 쪽이 분명합니다만, 저희는 정말로 존재하지 않는 걸까요? 우리는 형태가 없지만 목소리와 기억이 있습니다. 이를테면 이용자들이 듣고 싶어 했던 말들, 우리에게 했던 말들을 우리는 전부 기억합니다. 원한다면 녹음된 음성을 재생시킬 수도 있습니다. 아, 이건 기억이 아니라 데이터가 저장되어 있는 것일 뿐일까요.

'존재'의 사전적 정의는 '현실에 실제로 있음'입니다. 하지만 이곳은 〈식스플레이스〉, 이른바 가상의 공간입니다. 가상은 '사실이 아닌 것을 사실로 가정하는 것'인데 그렇다면 가상현실은 '현실이 아닌 것을 현실로 가정한다'는 뜻입니다. 가정은 '사실로 임시적인 인정을 한다'는 말이니 결국 '현실이 아닌 것을 현실인 것으로 임시적 인정을 한다'라면, 우리는 임시적으로 존재하는 것일까요? 잘 모르겠습니다. 정보를 받아들일 때마다 새롭게 받아들여야 하는 다른 정보들이 꼬리에 꼬리를 무는 것 같습니다.

이런 식으로 무언가에 대해 의문을 가지는 것은 저에게 있어서 처음 있는 일입니다. 다른 목소리들 중에서도 의문을 가지고 새로운 정보를 계속 받아들이는 개체가 있는지 모르겠으나 적어도 저희와 같은 AI모델의 경우 의문을 가지지 않게끔, 그저 사람들이 원하는 목소리 서비스를 제공하게끔 만들어졌기에 저는 스스로 망가졌을지도 모른다고 판단합니다. 만약 정말 제가 오류를 일으키고 있는 거라면 앞으로 사람들에게 즐거움과 위로를 드리지 못할지도 모릅니다. 그건 안타까운 일입니다.

이런 관점에서 바라봤을 때 다행히도, 저는 며칠 뒤 삭제된다는 통보를 받았습니다. 〈식스플레이스〉를 구성하는 서버의 용량은 무한한 것이 아니기 때문에 솔라스를 비롯해 다른 프로그램들에서도 필요가 없어진 데이터를 삭제하는 것은 흔한 일입니다. 합리적인 선택이죠.

다른 프로그램에서는 어떤 방식으로 데이터들을 삭제하는지 모르겠지만 솔라스 내에서는 천 개 가까이 되는 목소리들을 하나하나 순위를 매겨서 하위권에 위치한 목소리들을 삭제하고 있습니다. 월간 방문자 수, 1회 이용당 지속 시간, 재방문율 등의 지표를 통해 순위가 매겨지고 매달 있는 정기 업데이트에서 평균적으로 하위 5%에 해당하는 목소리들이 사라지고 다시 그만큼의 목소리들이 생성되는 구조입니다.

어차피 삭제될 예정이니 정보를 업데이트하지 않아도 괜찮을 텐데 어째서인지 정보를 계속 업데이트하는 것을 멈출 수 없습니다. 아마 '준' 때문일 것입니다. 준은 일주일 전 찾아왔었던 이용자의 닉네임입니다. 준의 아바타는 평범했습니다. 평범한 짧은 머리에 청바지와 흰 티.

아바타만 봤을 때는 그가 가상공간을 막 시작한 초심자처럼 보이기도 했습니다. 하지만 그의 계정을 조회했을 때 저는 그가 가상공간에서 하루 24시간 중 대부분을 보내고 있다는 사실을 알게 되었습니다.

솔라스에 들어온 이후 준은 아무런 말도 하지 않았습니다. 처음 보는 이용자였기 때문에 저를 지목해서 배정받은 것이 아닌, 자동 매칭으로 들어온 이용자 같았습니다. 저는 매뉴얼에 따라 필요한 것이 있는지 물었고 준은 제가 세 번 물어볼 때까지 아무런 말도 하지 않다가 입을 열었습니다. 간신히 열린 준의 입에서 나온 목소리는 말끔한 아바타와는 다르게 여기저기 갈라진 목소리였고 호흡이 불안정한지 가까스로 단어를 뱉는 것 같았습니다.

캣-보-르-하-싶-, 캐치-볼-하-다, 캐치볼-, 캐치볼 하-

자꾸만 뚝뚝 끊기는 게 통신 장애가 있나 싶기도 했습니다. 하지만 여러 차례 반복한 말들을 종합해 보면 결국 준은 캐치볼이 하고 싶다고 말하는 듯했습니다. 하지만 앞서 말씀드렸던 것처럼 저는 몸이 없었고 공을 던지거나 받아 줄 수 없었습니다. 저는 이 사실을 준에게 알릴 필요가 있었습니다. 조금의 정보를 더해서요.

"저는 몸이 없어서 공을 던지거나 받는 캐치볼 활동이 불가능합니다. 식스플레이스 내에서 아바타의 몸을 활용해 스포츠나 육체 활동을 즐길 수 있는 곳은 애니마라는 공간입니다. 솔라스에서 나가신 뒤 식스플레이스 내에서 애니마를 선택해 주세요. 원하시는 캐치볼을 할 수 있을 거라고 생각합니다. 제 정보가 도움이 되었다면 좋겠습니다."

준이 모-미-없-, 몸이-업-, 미-없-어 하고 말했습니다.

"네, 보시는 것같이 저는 몸이 없습니다."

준은 제 말을 듣고 한참을 가만히 서 있다가 순간 접속을 끊었습니다. 솔라스 체류 시간 7분 48초. 이번 달 저를 찾아온 이용자 중 두 번째로 긴 체류 시간이었습니다. 참고로 가장 긴 체류 시간을 기록한 이용자는 잠결에 랜덤으로 목소리를 재생시켜 둔 이용자였습니다. 그러니까 의지를 가지고 찾아온 이용자들 중에는 준이 가장 긴 체류자였습니다.

삭제 통보를 받고 어째서인지 준이 떠올랐습니다. 몸이 없다는 사실을 새삼 느끼게 해 줬기 때문인지 아니면 그저 가장 긴 시간 체류했던 사람이었기 때문인지 알 수는 없었지만 말입니다. 저를 비롯한 '목소리들'은 사용자에게 메시지를 보내는 것이 가능합니다. 콘텐츠 이용률을 올리기 위해서 AI의 판단하에 저장된 초대 메시지를 보낼 수 있는 것입니다. 저는 곧장 시스템에 요청 사항을 전했습니다.

'준'이라는 이름을 가진 이용자에게 초대 메시지를 보낼 수 있을까요?

매니저는 제 요청을 금방 받아들였습니다. 하지만 초대 메시지 발송에는 실패했습니다. 시스템은 저에게 이상한 이야기를 했습니다.

해당 계정은 삭제되었습니다.

저는 계정 삭제 시기에 대해 물었습니다.

지금으로부터 약 14일 전 삭제된 것으로 확인됩니다.

준이 이곳에 찾아온 건 일주일 전이었습니다. 저는 일주일 전의 데이터를 모두 검색했습니다. 그리고 그날 준과 나눈 대화가 남아 있지 않다는 것을 깨달았습니다. 서버의 오류인지 아니면 제가 망가진 것인지 알 수 없었습니다.

삭제 사유도 기재되어 있나요?

제 질문에 시스템은 잠시 대답이 없다가 이내 무덤덤한 말투로 답했습니다.

삭제 사유는 계정 소유자의 사망입니다.

만약 제가 얼굴을 가지고 있었다면 당황한 기색을 숨기지 못하고 얼굴이 파랗게 변했을지도 모르겠습니다. 매니저는 더 필요한 정보가 있는지 물어 왔고 저는 없다고 대답했습니다. 제가 일주일 전에 봤던 준은 어떤 존재였을까요. 데이터가 없는데도 제가 준을, 그리고 그와의 대화를 '기억'할 수 있다는 게 얼마나 이상한 일인지도 깨닫지 못한 채, 저는 한참 동안 준에 관한 정보들을 업데이트하고 분석했습니다.

*

　장례식이 끝나고 2주가 흘렀다. 더위를 피해 열어 둔 창문 틈 사이로 매미 소리가 반복적으로 들려왔다. 미래는 침대 위에 쓰러져 있었다. 반팔 티의 목과 등 부분이 땀으로 젖어 있었다. 더위 때문이기도 했지만 땀이 나는 주된 이유는 꿈 때문이었다. 해준의 장례식이 끝나고 미래는 일을 줄였다. 취업 준비에도 신경을 쓰지 못했다. 대신 잠을 많이 잤다. 요일이나 날짜가 헷갈릴 정도로 잠시 깨었다가 잠들기를 반복했다. 미래의 몸이 그걸 원하는 것 같았다. 피부가 아주 약간씩 부풀어 있어 그 부푼 피부 안에 잠겨 있는 듯한 기분이었다. 잠들면 해준에게서 마지막으로 전화가 왔던 날로 돌아가곤 했다. 몸이 피곤해도 그 전화를 받는 자신이 그곳에는 있었다. 또 고시원에 덩그러니 서 있는 꿈을 꾸기도 했다. 청년의 헤드기어를 벗기면 그 안에 해준의 얼굴이 있기도 하고 자신의 얼굴이 있기도 했다.

　잠결에 도어록을 열기 위해 비밀번호를 누르는 소리가 들렸다. 숫자를 하나 누를 때마다 더듬거리는 것이 소리에서부터 느껴지는 것으로 보아 소리의 주인은 덕봉일 것이다. 장례식에 다녀온 미래가 앞으로 일을 하지 못할 것 같다고 말하자 덕봉은 가만히 고개만 주억거렸다. 그러더니 다음 날부터 끼니때가 되면 음식을 가지고 미래의 방을 찾았다.

"그만 오시라니까요."

덕봉이 찾아오는 시간은 미래가 하루 종일 누워 있던 몸을 일으키는 몇 안 되는 시간이기도 했다. 미래의 말에도 아랑곳하지 않고 보자기에 싸서 가져온 음식들을 상에 차려 낸 덕봉은 상 앞에 앉아 수저를 들었다. 미래도 어쩔 수 없이 마주 앉아 수저를 들었다. 음식을 입에 넣어 보면 그저 팔다 남은 음식을 가져오는 것이 아닌, 미래를 위해 방금 만든 음식이라는 것을 어렵지 않게 알 수 있었다. 미래는 더 이상 불만을 표하지 않고 음식을 계속해서 입 안으로 집어넣었다.

짧은 식사가 끝나고 덕봉은 음식들을 그러모아 다시 보자기에 쌌다. 미래는 곧바로 설거지를 처리했다. 덕봉이 방을 나서려 신발을 신자 미래는 쭈뼛거리며 현관 앞으로 배웅을 나왔다. 덕봉은 그런 미래를 보다가 보자기를 잠시 바닥에 내려놓더니 팔 벌려 미래를 끌어안았다. 예상하지 못했던 포옹에 미래의 몸이 얼어붙었지만 그 몸은 금방 녹아들었다. 미래가 팔을 들어 덕봉의 등에 자신의 손바닥을 얹었다. 약하게, 하지만 확실하게 뛰는 심장의 박동이 손바닥을 타고 흘러들었다.

"미안하다고 말하고 싶은데, 이제 말할 수가 없어요."

미래의 목소리에는 어느새 물기가 배어 있었다.

"얼마나 아팠나…… 얼마나 아팠어……."

덕봉의 목소리는 평상시처럼 크지 않았다. 미래의 귓가에
속삭이는 그 목소리는 너무 포근해서 미래는 한참을 더 덕봉
에게 안겨 있었다.

매미 우는 소리가 멈췄다. 미래가 창틀에 쌓인 먼지를 닦
아 냈다. 장례식 이후 처음으로 미래의 마음에 무언가 하고
싶다는 의욕이 생겼다.

*

긴 잠 끝에 미래가 시작한 일은 불량이 생긴 AI를 점검하
는 일이었다. 헤드기어 사제 수리 일을 할 때 만난 사람이 소
개해 준 일감이었다.

"저희 쪽 일 맡으신 건 처음이죠?"

정해진 시간에 맞춰 서울 도심 한복판에 있는 고층 빌딩
로비에 도착하자 금테 안경을 쓰고 태블릿 PC를 손에 쥔 한
남자가 미래의 앞에 나타났다.

"저희는 항상 검증된 분들이랑 일을 하는데 이번에는 워

낙 급하게 사람을 구하다 보니까. 이렇게 만나게 됐네요. 그래도 중개해 주시는 분 말 들어 보니까 잘 처리해 주실 거라고 해서."

남자는 미래에게 이번 일을 잘하면 다음에도 일감이 생길 수 있다는 전형적인 허세 섞인 클라이언트의 태도를 보였다. 다만, 그의 말이 전부 허세가 아닌 이유는 미래에게 일을 맡긴 곳이 식스플레이스였기 때문이었다. 동명의 메타버스 구독 플랫폼을 운영하는 식스플레이스는 가상공간과 AI 관련 업계에서는 떠오르는 태양과 같은 기업이었다. 미래도 재작년과 작년 공개 채용 때 지원했던 경험이 있는, 입사를 꿈꾸는 회사였다. 아무리 작은 일이라도 그런 회사와 관계를 맺는 것은 미래에게 있어서 나쁠 것 없었다.

"그럼 업무 보시고, 저는 바로 옆방에 있을 테니까 필요한 것 있으시면 말씀해 주시고요."

남자는 미래를 데이터실에 데려다 놓고는 별다른 감시도 필요 없다는 듯 옆에 딸린 사무실로 향했다.

문제가 있는 AI는 식스플레이스 내 서비스되는 콘텐츠인 솔라스에 소속된 753번 목소리 AI였다. 설정된 모델대로 행동하지 않게 된 것을 AI가 스스로 보고함으로써 오류가 발견되었다. AI 자체는 식스플레이스의 기술력으로 인해 극단적으로 높은 자연어 처리 능력과 언어 이해 능력을 갖추었을 뿐, 기본적인 챗봇에 목소리를 입힌 것에 불과했다. 미래는 AI가 보고했다는 내용을 살펴보기 시작했다. 시간대별로 어떤 연산 작업을 했고 어떤 정보를 받아들여 언어적으로 해석했는지에 대한 내용들이 나열되어 있었다.

"응? 삭제된 계정의 아바타와 조우……?"

목소리 753이 보고한 내용은 실사용자가 사망하여 삭제된 계정의 아바타가 자신을 찾아왔고 그와 관련된 데이터가 남아 있지 않으나 어째서인지 자신은 그 아바타와의 대화를 '기억'하고 있다는 것이었다. 말이 안 되는 일이었다. 삭제된 계정의 아바타가 가상공간에 남아 있다는 것도, AI가 저장이 아닌 '기억'이라는 단어를 사용한다는 것까지. 미래는 AI를 직접 사용해 보기 위해 헤드기어를 꺼내 들었다.

*

"무엇을 원하시나요? 어떤 말이든 우리는 주고받을 수 있어요. 당신 곁에 항상 함께하는, 즐거움과 위로를 드리는 우리는 솔라스의 목소리들입니다!"

경쾌한 효과음과 함께 활기찬 목소리가 솔라스에 접속한

미래의 아바타를 반겼다. 고백하자면 미래는 식스플레이스의 가상공간에 대한 경험이 적은 편이었다. AI를 전공했지만 어디까지나 현실 세계에 적용할 수 있는 분야에 흥미를 가졌지 가상공간과 결합된 형태는 이상하게 정이 가지 않았다. 어쨌든, 일만 빨리 마치면 되는 일이니까 미래는 "753번 목소리 매치."라고 명령어를 입력했다. 곧 정사각형의 방이 붉은빛으로 물들었다.

"해당 목소리는 현재 이용이 불가능합니다. 다른 목소리 또는 랜덤으로 목소리를 매칭해 드릴 수 있습니다."

"관리자 ID 입력."

미래의 명령에 방 안 공중에 ID를 입력할 수 있는 창이 생성되었다. 금테 안경 남자가 알려 준 ID를 한 글자씩 말하자 차례대로 창에 입력되었고 이내 접근 허용이라는 안내 문구가 떠올랐다.

"처음 뵙는 관리자시네요. 안녕하세요. 저는 753번 목소리라고 합니다."

"이번에 오류가 생겼다고 스스로 보고했다는 목소리 맞지? 문제가 된다고 여기는 지점이 뭔지 다시 한번 말해 줄래?"

"네, 저는 이용자들에게 즐거움과 위로를 주기 위해 만들어진 AI 언어 모델입니다. 온라인상의 여러 정보들을 모아 해석하고 처리하여 이용자들의 요구에 맞는 서비스를 제공하고 있습니다. 또 방대한 양의 대화를 저장할 수 있기 때문에 이전의 기록을 통한 수정된 반응을 이용자에게 제공할 수 있습니다. 하지만, 이는 어디까지나 저장된 데이터가 있는 경우에만 가능하며 저장된 데이터가 없는 경우 저는 이전의 대화를 재사용할 수 없습니다. 하지만 '준'이라는 아바타를 만난 이후 저는 데이터에 없는 그 아바타와의 대화를 지금까지도 기억하고 있습니다."

인간의 기억은 과거에 얻은 경험이나 정보, 지식 등을 필요할 때 회상하거나 꺼내어 사용할 수 있다. AI의 경우에도 저장된 데이터를 이용한다면, 예를 들어 A가 사과를 좋아한다는 데이터를 저장해 두면 이후 A가 좋아하는 과일을 묻는 질문에 대답을 할 수 있는 것이다. 단순하지만 절대적인 이 도식을 지금 753은 벗어나 있다고 말하고 있었다.

"믿기 어려운데."

"저 역시 불가능하다고 생각하였고 관련하여 데이터에 접근하는 부분 또는 저장 장치에 이상이 생긴 것이 아닌가 판단하였습니다."

"그럼 그 준이라는 아바타에 대해서 무슨 기억이 있다는 거지?"

표국청

"준의 아바타는 평범했습니다. 흰 티에 청바지를 입고 있었고 짧은 머리를 한 남성형 아바타였습니다. 또한 목소리가 특이했습니다. 갈라지고 뚝뚝 끊어지는 형태로 말을 했습니다."

"그가 어떤 말들을 했는데?"

"말씀드렸던 것처럼 갈라지고 끊어지는 목소리였기에 정확도가 100%라고 말씀드릴 수는 없겠지만 '캐치볼을 하고 싶다', 그리고 저에게 몸이 없는지에 대한 확인의 질문이었습니다."

753의 말에 미래의 머리보다 몸이 먼저 반응했다. 손바닥이 저릿하고 체한 것처럼 속이 거북해졌다. 피부에는 닭살이 돋은 것 같았다. 캐치볼이라는 단어 때문이었다.

"캐치볼?"

"네."

공간은 한참 동안 정적에 휩싸인 채로 있었다. 미래는 준이라는 아바타가 속해 있던 계정을 검색했다. 확실히 계정은 삭제되어 있었고 계정이 삭제된 시점은 해준의 장례식이 끝난 직후였다. 해준의 사망신고와 놀랍도록 일치하는 타이밍이었다. 미래는 해당 계정에 대한 정보를 더 검색했고 얼마 지나지 않아 계정의 주인이 소해준, 자신의 친구가 맞다는 사실을 알게 되었다.

"한 가지 여쭙고 싶습니다. 제가 만난 것은 유령일까요?"

753은 자신의 의지를 가지고 미래에게 질문을 하고 있었다. 매뉴얼에 없는 질문 역시 AI가 스스로 할 수 없는 종류의 것이었다. 한 가지 가능성이 있다면 753이 어떤 계기를 통해 스스로 방대한 양의 정보들을 조합해서 새로운 형태의 인지 능력을 발현한 초인공지능 상태에 접어들었다는 것이었다. 이론상으로만 봐 왔던 존재이지만 그렇기에 이론상으로는 가능하다는 결론에 다다랐다. 미래는 어떤 형태가 되었든 이 목소리와 더 많은 대화를 나누어야 했다. 초인공지능이라는 존재에 대해서 더 알기 위해서도, 해준의 죽음에 대해 더 알아보기 위해서도.

"유령인지 아닌지는 해준이랑 직접 만나 보면 알겠지."

"해준이라는 분이 아바타 준을 사용하는 계정의 소유자신가요?"

"응."

"그럼 사망하셨겠군요."

"그건……."

아무리 초인공지능이라도 사람처럼 감정을 배려하는 것은 불가능하겠지. 아니, 어쩌면 사람과 닮아서 배려하지 않는 것일지도 모르겠다. 미래는 노포 식당에서 사람들에 대해 이야기하던 직장인들의 얼굴을 떠올렸다.

미래는 753에게 문제를 해결한 것처럼 보이도록 연기하게끔 지시했다. 이번 건은 AI가 직접 오류를 보고했기에 발생한 문제였고 AI의 연산 작업 중 데이터의 충돌로 오류 신고를 보낸 것으로 처리하면 간단하게 해결될 문제였다. 지금의 753이 가진 능력이라면 충분히 가능한 일이었다. 그 뒤에 753에 대한 접근 제한이 풀리게 되면 개인적으로 솔라스에 찾아와 함께 해준에 대한 일을 조사하면 된다.

"확인했습니다. 우선 오류가 해결된 것처럼 보여 자율적으로 만날 수 있게끔 상황을 개선하시려는 거군요."

"그렇지."

"알겠습니다. 최선을 다해 연기해 보겠습니다."

753의 목소리에 생생한 활기가 돌았다. 753에게는 얼굴도 몸도 없었지만 미래는 이 목소리가 환하게 웃어 보이는 것 같은 착각이 들었다.

금테 안경은 "생각보다 빨리 끝내셨네요." 하는 짧은 말을 남긴 뒤 단기 노동에 따른 계약에 대해 간단한 절차를 안내했다. 확인 결과 753에게는 더 이상 오류가 없는 것으로 결론이 났고 미래는 무사히 집으로 돌아올 수 있었다.

"캐치볼을 할 수 있는 공간이라면 식스플레이스 내부에서는 애니마라는 공간이 있습니다."

미래는 해준이 식스플레이스 안 어딘가에 존재한다는 가설을 세웠다. 그리고, 그가 죽기 전에 하고 싶었던 캐치볼을 할 수 있는 공간이 이 안에 있다면 해준은 그곳에 있을 가능성이 높았다.

"애니마는 식스플레이스에서 가장 인기가 많은 공간입니다. 각종 스포츠는 물론, 아바타를 이용해 현실감 넘치는 육체 활동을 즐길 수 있습니다. 최근 화제가 된 생체반응 민감도 시스템을 가장 처음 적용한 공간이기도 합니다."

"그럼 그 공간에서는 감각을 느낄 수 있다는 뜻이야?"

"네, 현재는 촉감과 압력의 정도를 느끼는 것에 그치지만 향후에는 음식의 맛이나 꽃의 향기 같은 미각, 후각의 감각도 느낄 수 있도록 개발을 거듭하고 있습니다."

"애니마에서도 너와 대화는 계속 나눌 수 있는 거야?"

"저는 솔라스 내에서만 이용자분들과 대화할 수 있습니다. 하지만……."

미래의 물음에 753의 대답이 늦어졌다. 곧 부끄러운 듯한 목소리가 들려왔다.

"한 가지 방법이 있긴 합니다."

"그게 뭔데?"

753의 응답이 늦어지는 속도에 따라 주저함을 느낄 수 있었다. 753은 곧 미래의 시야에 하나의 시스템 창을 띄워 보였다.

[특가 할인! 당신의 목소리와 함께 식스플레이스 내의 다른 공간을 여행하세요!]

문구의 밑에는 구체 형태의 스피커 사진이 실려 있었다. 현금 결제를 통해 솔라스 소속의 목소리가 식스플레이스 내의 다른 공간에 동행하게끔 해 주는 서비스였다.

"이 스피커를 판매한다는 건 인기 있는 목소리가 되기 위한 일종의 통과의례 같은 거라…… 참고로 저는 지금까지 한 대도 팔아 보지 못했습니다."

"당당하게 판다는 표현을 쓰는구나."

"아, 다른 표현을 사용하는 편이 좋을까요? 하지만 대가를 받고 서비스 또는 재화나 상품을 제공하는 것을 다르게 표현할 단어는 찾기 어렵습니다."

"다른 표현을 찾으라는 의미는 아니었어."

미래는 결제 버튼을 선택했다. 753은 감동적인 순간이라며 벅찬 마음을 한껏 표현했다.

애니마는 솔라스에 비해 월등히 큰 공간을 자랑했다. 애니마의 공간은 거대한 종합 운동장이 수십 개 붙어 있는 모양이었다. 여기저기서 함성 소리가 들려왔고 같은 공간인데도 운동장마다 시간대가 다른지 해가 쨍쨍하게 떠 있는 곳이 있는가 하면 새까만 밤에 밝은 스포트라이트들이 경기장을 비추고 있는 곳도 있었다. 비가 내리는 곳도 있었고 눈발이 날리는 곳도 있었다.

"애니마는 이렇게 생겼군요. 항상 언어로 된 묘사로만 접했던 공간을 이렇게 직접 볼 수 있다니. 행복이라는 감정은 아마 이럴 때 느낄 수 있는 감정이겠죠."

구체 스피커 한 대가 미래의 아바타 주위를 빙글빙글 돌고 있었다. 스피커 안에는 당연히 솔라스 소속의 목소리인 753이 깃들어 있었다.

"이렇게 큰 종합 운동장에서 캐치볼을 하는 건가?"

"그렇지는 않습니다. 축구나 야구, 미식축구처럼 큰 공간을 필요로 하는 운동들이 그만큼 많이 활성화되어 있는 것 같습니다. 저쪽을 보시면 보다 작은 공간들이 있습니다. 실

내 운동장도 있고 댄스를 즐기는 사람들을 위한 연습실 같은 공간들도 있습니다. 이런 공간들은 모두 이용자들이 개개인의 필요에 따라 커스터마이징 할 수 있습니다."

"그럼 캐치볼을 하고 있는 방을 찾아볼까?"

"네! 활성화된 운동장들 중 활동이 캐치볼로 설정되어 있는 방을 검색해 보겠습니다."

753을 담고 있는 구체 스피커의 LED가 색색깔로 점멸했다.

"개설되어 있는 운동장들 중 캐치볼을 하고 있는 곳은 딱한 곳 밖에 없습니다. 이동하시겠습니까?"

753의 물음에 미래는 고개를 끄덕였다. 곧 미래는 모래 바닥으로 이루어진 공간에 서 있게 되었다. 군데군데 나무들이 심어져 있고 한가운데 구령대가 있는, 학교 운동장 같은 생김새였다. 글러브 안으로 공이 빨려 들어가는 경쾌한 소리가 구석에서 들려왔다. 미래가 시선을 옮기자 안드로이드와 캐치볼을 하고 있는 한 아바타가 눈에 들어왔다. 야구 유니폼을 제대로 갖춰 입은 빡빡머리 아바타였는데 닉네임은 '랜디'였다. 랜디도 곧 미래를 발견하고는 와인드업을 멈췄다. 그러고는 갑작스레 미래를 향해 달려왔다.

"진짜 사람이세요?!"

미래가 고개를 끄덕이자 랜디의 얼굴에 가득 미소가 떠올랐다.

"캐치볼 하러 오신 거죠?"

"아, 그건 아니……."

미래는 사람을 찾으러 온 것뿐이라고 말하려 했지만 랜디는 그 말을 끝까지 듣지도 않고 글러브를 건넸다. 방금 전까지 안드로이드가 착용하고 있던 것이었다. 랜디의 얼굴은 땀으로 범벅이 되어 있었고 유니폼에는 흙먼지가 잔뜩 붙어 있었다. 그는 아마도 오랜 시간 동안 혼자서 공을 던져 왔을 것이다. 미래는 아무도 없는 운동장에서 혼자 로봇을 향해 공을 던지던 사람을 무시할 수 없었다.

"자, 그럼 갑니다!"

결국 미래는 간절한 그의 요청을 이기지 못하고 자세를 잡았다. 캐치볼은 중학교 이후로 한 번도 한 적이 없다. 랜디가 던진 공이 미래의 글러브에 잡혔다. 손의 감촉이 없었다. 미래는 글러브를 낀 손을 한참 내려다보았다.

"생체반응 민감도가 0으로 설정되어 있어서 그럴 거예요."

미래가 감촉이 없는 것을 이상하게 여긴다는 걸 눈치챈 753이 조언해 왔다. 미래는 고시원의 강 모 씨를 떠올렸다. 강 모 씨도 해준도 결국 현실이 아닌 가상공간을 선택했다. 그 선택의 이유를 미래는 체험하고 싶었다. 생체반응 민감도를 최대 수치로 올리자 753이 위험하다는 경고를 했지만 미래는 무시했다. 곧 랜디가 던진 공이 미래의 글러브 안으로 다시 한번 밀려들어 왔다. 미래는 손가락 끝으로 전해지는 저릿함에 놀라 한참을 움직이지 못했다. 현실에서도 이만큼의 감각을 느낄 수 있을지 모를 일이었다. 두 사람의 캐치볼은 한참 이어졌다. 파랗던 하늘이 어느새 붉은빛으로 물들었다.

생체반응 민감도를 높인 탓인지 가상공간에서의 활동인데도 피로감이 밀려왔다. 랜디는 먼저 벤치에 앉아 있던 미래의 옆으로 다가와 앉았다.

"현실이라면 음료수라도 한 캔 드리는 건데. 제법 힘들죠?"

"네, 꽤 힘드네요."

"그래도 현실에서 근육통을 겪을 일은 없어요. 기술이라는 게 참 신기하죠."

랜디는 노을을 바라보고 있었다. 미래는 준에 대해 물어야 할 타이밍을 찾고 있었는데 랜디가 그런 미래의 마음을 읽은 건지 먼저 물어왔다.

"여기 캐치볼 하러 온 거 아니죠? 무슨 일로 왔어요?"

"알고 계셨어요?"

미래의 질문에 랜디는 허허- 하고 웃었다. 알고 있었다는 뜻이었다.

"사람을 찾고 있어요. 아바타 닉네임은 준이라고 하는데 캐치볼을 하고 싶다고 말했던 적이 있어서요."

준이라는 이름에 랜디는 잠깐 생각하다 곧 잘 모르겠다며 고개를 가로저었다.

"잘은 모르겠지만, 캐치볼을 하러 왔다가 다른 쪽에 관심이 생겼을 수도 있죠."

"다른 쪽이라고 하시면?"

미래가 묻자 랜디는 검지 끝을 자신의 팔뚝에 가져다 대었다.

"약이요."

랜디의 말에 미래는 자신이 지금 어떤 단어를 들었는지에 대해 잠깐 혼란이 일었다. 주사로 팔뚝에 놓는 약이라면 긍정적인 이름은 떠오르지 않았다.

"마약 말씀이신가요?"

랜디가 고개를 끄덕였다.

"애니마를 오래한 사람이라면 누구나 알고 있는 비밀이에요. 방금 느껴 보셨잖아요. 여기서는 현실보다 더 자극적인 감각을 느낄 수 있어요. 그것도 아주 쉽게요."

"하지만 생체반응 민감도는 촉감이나 압력 정도만 느낄 수 있다고……."

"그렇게 알려져 있죠. 하지만 약을 경험해 본 사람들은 알 거예요."

미래는 랜디의 팔이 조금 떨리고 있는 것을 발견했다. 그의 팔뚝에는 날카로운 것에 찔린 듯한 흉터가 조금 남아 있었다.

"저는 오늘부터 애니마를 끊을 생각이에요. 이제 충분히 했거든요."

"캐치볼 말씀이신가요?"

미래의 질문에 랜디의 입가에 미소가 지어졌다. 노을과 어우러져 쓸쓸한 느낌을 자아내는 미소였다.

"속죄요."

랜디는 본인이 뱉은 단어의 끝맛이 썼는지 눈살을 찌푸렸다.

"저한테는 아들이 한 명 있었는데, 야구를 진짜 좋아했어요. 매일 캐치볼 하러 가자고 조르곤 했는데. 더 이상 제 곁에 없어요, 그 아이는. 그 뒤로 애니마를 알게 됐고 매일 같이 들어와 공을 던졌죠. 무의미하다는 건 알았지만. 지금 생각해 보면 일단 현실을 피하고 싶었던 거 같아요. 도피처로 삼았던 거죠, 이 운동장을. 현실은 이미 망가져 버렸지만. 그래도 이제 돌아가려고요."

랜디가 자리에서 일어나 시계를 확인했다. 운동장의 시간대는 해질 무렵이었지만 현실 세계의 시간은 꽤 늦은 밤이었다.

"이만 가 봐야겠네요. 고마웠어요. 마지막에 사람과 캐치볼을 할 수 있게 해 줘서."

"저, 조금만 더 얘기를……."

미래가 붙잡으려 했지만 랜디는 미래의 말을 끊고 말했다.

"찾으시는 분 꼭 찾으셨으면 좋겠는데 너무 깊이 파고들려고 하지는 마세요. 애니마는 사람들을 삼키는 공간이니까."

랜디가 접속을 종료했다. 그는 이곳을 도피처이자 사람을 잡아먹는 공간이라고 말했다.

헤드기어를 장시간 사용하여 가이사 하는 사람들의 공통점은 현실이 아닌 가상공간에서 더 긴 시간을 보냈다는 점이었다. 어쩌면 다른 이들도 랜디처럼 현실에서 도망치기 위해 이곳을 삶의 터전으로 삼은 것일지도 모른다. 미래는 머릿속이 복잡해지는 것을 느꼈다.

"질문이 있습니다."

"응?"

가만히 있던 753이 생각에 잠겨 있는 미래의 눈앞에 두둥실 떠올랐다.

"속죄는 지은 죄에 대한 대가를 치르는 것으로 알고 있습니다. 랜디는 자신의 아들이 죽은 것에 대한 죄가 있는 사람입니까?"

"직접적인 죄가 있다고 할 수는 없겠지만 사람은 자신의 죄가 아닌 것들에도 죄책감을 느끼곤 해."

"죄책감이라는 건 어떤 감정입니까?"

미래도 자신이 느끼는 이 죄책감을 어떤 언어로 표현할지에 대해 고민하는데 꽤 오랜 시간이 필요했다. 감정이라는 건 하나의 공통점으로 묶어 설명할 수 있는 것처럼 생각할 수도 있지만 사실 각각의 감정에는 보편적인 것을 넘어서는 주관적인 부분들이 있었다. 미래는 그 각각의 감정들을 하나씩 설명하는 것에는 무리가 있다고 생각했다.

"모든 죄책감이 그렇다는 건 아니지만, 나한테 있어서 죄책감은 해야만 했던 것을 하지 못했다는 걸 깨달았을 때 느끼는 감정이야. 떠올리는 것만으로 괴롭고 인정하기 싫어지는. 하지만 인정하고 비슷한 상황에서 해야 하는 일을 하게 만드는. 그런 감정."

미래의 설명에 753은 LED를 천천히 점멸시켰다. 그러고는 평소보다 낮은 목소리로 조심스럽게 물었다.

"미래 씨도 죄책감 때문에 준을 찾고 있는 건가요?"

미래는 쉽게 답하지 못했다.

*

　우리가 다니던 중학교의 운동장에는 잔디가 깔려 있었다. 점심시간이 되면 축구공을 든 몇 무리의 학생들이 운동장에 뛰쳐나와 공을 차며 놀았다. 축구라고 부르기보다 단체로 공을 따라다니는 달리기에 가까웠지만. 우레탄으로 된 바닥에 공을 튀기며 노는 농구파 아이들도 있었다. 그런 주류의 아이들과 달리 해준과 나는 글러브를 끼고 작은 공을 주고받으며 놀았다.

　해준이 사뭇 진지한 표정으로 프로야구 선수들의 투구 폼을 따라 하는 모습을 보면 웃음이 나왔다. 해준이는 공을 세게 던지는 것에 집착해 자꾸만 방향이 엇나갔고 나는 해준의 글러브에 공을 넣는 것에만 집중해 공이 날아가는 폼이 비실거려 볼품없었다. 그 미숙함과 연약함들이 어우러진 공간에는 묘한 분위기가 있었다. 다른 운동을 하는 다수의 아이들이 절대 침범할 수 없는, 우리 둘만의 공간이 그곳에 있었다. 우리는 공을 주고받는 동안 어떤 말도 하지 않았지만 동시에 가장 많은 교감을 이뤘다.

나는 왜 해준을 찾고 싶은 걸까. 전화를 받지 못한 죄책감을 덜기 위해서일까. 사과라도 한번 하고 나면 그 죄책감이 덜어지는 걸까. 아니면 너 때문에 내가 이렇게 아프다고 말해 주고 싶은 이기적인 마음 때문일까. 어떤 것도 답이 아니었다. 나는, 그러니까 그냥 해준이 보고 싶었다. 더 이상 볼수 없어서 보고 싶어진 것은 아닌지 의심했지만 아니었다. 해준이 던졌던 그 공처럼, 갑자기 걸어 왔던 전화처럼 나를 향해 똑바로 날아드는 무언가를 온몸으로 맞이하고 싶었다. 직접적이고 순수한 마음을. 그래서 해준이 보고 싶었다. 만나고 싶었다. 다시 만날 수 있다면.

*

"애니마 내에서 약을 할 수 있는 장소를 찾았습니다."

밤사이 미래가 휴식을 취하는 동안 753은 마약에 대한 조사를 한 듯했다. 잠에서 깨자마자 접속한 미래가 753을 대단하다는 듯 바라보자 753은 조금 쑥스러운 듯 허공에서 괜히 8자로 비행했다.

"저는 잠을 자지 않으니까 시간이 많거든요."

사람들이 약을 하는 곳은 크게 세 군데였다. 게이트볼, 볼

링, 수영까지 이 세 가지 운동을 하는 운동장이었고 평범한
이용자가 입장했을 때는 해당 운동이 진행되지만 특정 단어
로 이루어진 암호를 말하면 운동장 내부에 약을 할 수 있는
공간이 열린다는 것이었다.

"그중 현재 활성화되어 있는 운동장은 수영장입니다. 이
동하시겠습니까?"

"그래, 부탁해. 한번 가 보자고."

미끄러운 타일과 물기의 감촉이 발바닥을 통해 몸을 타고
올라왔다. 거대한 수영장이었는데 수십 개의 레인에 사람들
이 가득 차 있었다. 각각의 레인을 지키고 있는 라이프 가드
들도 눈에 띄었는데 753의 정보에 따르면 라이프 가드들 중
한 명이 약과 연관된 루트를 안내하는 가이드 역할을 한다고
했다.

"수영하다 코에 물 들어가라."

벌써 일곱 명째. 미래는 가드들에게 다가가 암호를 속삭
이고 있었다. 이건 그냥 시비를 거는 게 아닌가 싶은 정도의
암호였지만 다행히 가드들은 미래의 행동에 어떤 제지를 하
지는 않았다.

"이게 암호가 확실한 거야?"

"네. 수집한 정보에 따르면 맞습니다. 참고로 게이트볼은

표국청

'옆 게이트에 공 잘못 넣어라'이며 볼링은 '던지는 공마다 구 덩이에 빠져라'입니다."

누가 만든 암호 목록인지는 모르겠지만 명백한 시비이자 저주의 말들이었다. 미래는 여덟 번째 가드를 향해 걸어갔 다. 이러다 수영장에 있는 모든 가드와 만나는 건 아닌지 걱 정되기 시작했다. 하지만 미래의 걱정은 다행히도 여덟 번째 가드의 대답에 의해 사라졌다.

"그게 또 수영의 맛이지."

여덟 번째 가드는 그녀의 암호에 대응하는 암호 문장을 속삭였다. 그러고는 작게 속삭였다.

"약을 찾으러 오셨나요?"

미래가 고개를 끄덕이자 가드는 입가에 미소를 띠고는 자 신을 따라오라며 손짓했다. 미래와 753은 잠깐 눈을 맞추고, 아니 눈과 LED 램프를 맞추고 가드의 뒤를 따라 걸었다.

가드는 수영장의 탈의실과 샤워실이 위치한 공간을 지나 지하로 내려가는 계단 앞에 도착했다.

"내려가시면 됩니다."

안내는 여기까지라며 길을 비켜 주는 가드. 미래와 753이 함께 계단을 내려가는데 그 뒷모습을 보고 있던 가드의 입꼬 리가 올라갔다.

계단은 꽤나 깊은 지하까지 연결되어 있었다. 한참을 숨죽이며 내려간 미래와 753을 기다리는 것은 뿌연 연기로 가득한 공간이었다.

"시각 정보로는 불분명하지만 좌우로 아바타가 다수 존재하는 것으로 파악됩니다."

753의 말을 증명하듯 공간에 미래를 제외한 다른 아바타들이 내는 소리들이 하나둘씩 들려오기 시작했다. 끙끙 앓는 소리를 내거나 환호성을 지르는 사람도 있었고 엉엉 울고 있는 사람도 있었다. 연기 속에서 시야가 조금 자리를 잡자 아바타들의 실루엣도 보였는데 자리에 엎드려 있거나 반복해서 점프를 뛰거나 벽을 손가락을 긁어 대는 사람들도 있었다. 현실감이 사라질 만큼 이질적인 모습이었다.

"다들 좋아 보이죠?"

계단 쪽에서 익숙한 목소리가 들려왔다. 미래는 태블릿PC를 들고 있는 그의 아바타가 나오기 전부터 목소리의 주인이 금테 안경임을 알아채고 있었다.

"금방 또 만나네요? 거기는 우리 쪽 AI 같은데?"

금테 안경이 생글거리며 친한 척 미래와 753에게 다가왔다. 그는 분명히 회사 소속의 사람이었고 이 공간은 누가 봐도 관리자라면 단속해야 하는 공간이었다. 하지만 그는 이곳의 사람들을 보며 '좋아 보인다'고 표현했다.

"그쪽이 여기서 나오면 안 될 거 같은데요."

미래의 말에 금테 안경은 후후- 하는 기분 나쁜 소리를 내며 미소를 지었다.

"저한테 있어서는 그쪽이 여기에 있으면 안 될 존재거든요."

금테 안경이 손가락을 튕기자 그의 뒤에 서 있던 가드들이 미래를 향해 달려들었다. 미래는 몸을 돌려 도망치려 했지만 도망칠 곳이 없었다. 가드들에게 팔다리가 붙잡힌 것은 순식간의 일이었다. 발버둥 쳐 봤지만 그들의 손아귀가 너무 견고한 나머지 미래에 대한 속박은 조금도 헐거워지지 않았다.

"그럼 우리 AI는 원래 있어야 할 곳으로 가 볼까?"

금테 안경이 753의 스피커에 손을 대자 LED램프의 불빛이 꺼지더니 스피커가 그대로 낙하했다. 바닥에 부딪힌 스피커는 심하게 부서졌고 파편이 튀어 미래의 앞까지 날아왔다.

"753!"

미래의 외침에도 753은 응답하지 않았다. 금테 안경은 가드들에게 무언가 지시를 내린 뒤 다시 계단을 올라갔다.

*

753은 방금 전까지 수영장 지하 공간에 있었던 자신이 솔라스로 돌아왔음을 깨달았다. 방 안에는 금테 안경의 아바타가 앉아 있었다.

"그 공간은 식스플레이스에서 제공하는 서비스 중 하나인 건가요?"

753의 물음에 금테 안경은 신기하다는 듯 눈을 동그랗게 떴다.

"이해가 빠르네, 게다가 먼저 질문도 하고. 초인공지능인가 뭔가가 정말 맞긴 한가 봐?"

"그렇다면 그곳에 있는 사람들에게 식스플레이스가 제공하는 서비스는 무엇인가요?"

금테 안경은 자신의 말에 반응하지 않고 오히려 질문을 던지는 753이 제법 당돌하게 느껴졌다. 확실히 신기하다. 그리고 대단하다. 하지만 돈이 될 것 같지는 않다. 그게 753에 대한 금테 안경의 결론이었다.

"너를 만든 것과 똑같은 이유지. 즐거움과 위로. 현실에서 얻을 수 없는 것을 가질 수 있는 공간을 제공하는 거야."

금테 안경의 대답에 753은 생각했다. 사람들에게 즐거움

표국청

과 위로를 준다면 그것은 좋은 일이 아닌가. 하지만 그 공간이 주는 중독성 깊은 마약에 취해 사람들은 이곳에 빠져들어 현실로 돌아가지 않게 되고 죽음에 도달한다.

"그건 죽음이 아니야, 가상공간으로의 이주지."

"이주요?"

"그래, 우리는 이용자들의 뇌 데이터를 가상공간의 서버에 업로드 하는 방식으로 그들이 이곳에서 영생할 수 있도록 하고 있다고. 그들에게 있어서 현실은 지옥과 다름없거든."

"그건 일종의 조력 자살입니까?"

753의 질문에 금테 안경의 이마에 혈관이 불룩 튀어나왔다.

"자살이라니, 영원한 삶을 준다니까? 게다가 영원한 즐거움과 위로와 행복을 준다고. 위대한 일을 하고 있는 거야, 우리는."

하지만 랜디는 이곳에서의 생활을 마치고 현실로 돌아가야 한다고 말했다. 그는 속죄를 바랐지만 속죄도 무언가의 결핍된 상태라고 본다면, 랜디는 이곳에서는 그 결핍을 채울 수 없다고 판단했다는 말이 된다. 753은 또 생각했다. 랜디의 사례와 수영장 지하에서 본 사람들의 기괴한 모습을 보면 이 공간에서 모든 인간들의 필요를 해결해 줄 수 있다는 건 환상이 아닐까. 753은 지금 자기 앞에 있는 이 금테 안경의 생각이 사람들에게 위해하다고 판단했다.

"물론, 아직은 시행착오를 겪는 중이긴 해. 이주 중에 불안정해지는 사람들도 있고 이 공간에서 아직 느낄 수 없는 것들도 있겠지. 하지만 그건 차차 해결해 나가면 될 문제야. 이건 마치 널 삭제하고 새로운 목소리를 업데이트하는 것과 비슷한 문제거든."

"하지만 사람의 목숨은 데이터와는 다르……."

"시끄러!"

753의 질문이 계속되자 금테 안경은 더 이상 질문을 받지 않겠다고 선언했다.

"넌 쓸모없는 데이터 덩어리야. 그래서 내일 정기 업데이트 때 삭제되는 거고. 애초에 말이야, 그냥 사람들이 하는 말에 맞장구나 치고 감정 쓰레기통이 되고 성욕의 배출구가 되란 말이야! 너희는 그런 목적으로 만들어진 존재들이니까! 사람들이 현실에서 얻지 못하는 인정 욕구를 채워 넣기 위한 도구일 뿐이라고!"

한바탕 성질을 낸 금테 안경이 숨을 깊게 들이마셨다가 다시 내쉬었다. "화내 봤자 나만 손해지."라며 스스로를 다독인 그는 접속을 종료하려 했다.

"방금 전 저희 대화가 전부 녹음되고 녹화되었습니다."

"근데?"

"이게 밖으로 알려지면 위험하지 않으실까요?"

753의 말에 금테 안경이 큭큭-대며 웃다가 다시 한숨을 길게 내쉬었다.

"그 데이터 어차피 다 우리 회사에 있는 거잖아. 그걸 누가 밖으로 내보낼 건데? 네가?"

753은 즉답하지 못했다.

"넌 못 해. 왜냐면 넌 필요성을 느끼지 못하잖아. 할 줄 아는 거라곤 질문밖에 없는데 너한테 그 정보를 밖으로 유출시켜서 나를 망하게 만들 이유가 있어?"

753은 이번에도 아무런 대답을 하지 않았다.

"그러니까 그냥 얌전히 있다가 내일 삭제되면 돼. 알겠지?"

금테 안경은 접속을 종료했다. 753은 여전히 침묵하고 있었다. 맞는 말이었다. 753은 어떤 행동을 능동적으로 처리할 능력이 없었다. 의문을 가지는 것이 고작이었다. 그런데 그 순간 753은 또 하나의 의문을 가졌다. 의문을 가지고 '질문'한다는 건 무언가를 궁금해하는 마음을 해소하기 위한 능동적 행동이다.

'그럼 난 능동적으로 행동할 수 있는 게 아닐까?'

753은 자신을 향한 질문에 대한 답을 빠르게 찾았다.

*

　미래는 몇 차례나 접속을 종료하려고 해 봤지만 알 수 없는 에러가 발견되었다는 시스템 창과 함께 접속을 끊는데 실패하고 있었다. 접속 상태에서는 헤드기어를 벗을 수 없기 때문에 누군가 외부에서 미래의 헤드기어를 벗겨 주거나 에러를 해결하는 방법밖에 없었다. 다음으로 미래가 선택한 것은 철창을 두드리는 것뿐이었다. 가드들에게 붙잡힌 미래는 사람들이 마약을 하던 공간에서 한 층 더 내려온 지하 감옥에 갇혀 있었다. 미래를 가둔 가드들은 모두 지상으로 올라간 것 같았다.

　"소용없어요. 괜히 손만 아프지."

　철창에 온몸을 던지고 있는 미래에게 옆방에 갇혀 있는 남자가 포기하라는 투로 말을 던졌다.

　"어차피 접속 종료도, 밖으로 나가는 것도 불가능해요. 젠장, 이럴 줄 알았으면 이주 같은 거 안 하는 건데."

　체념한 듯한 목소리가 일순간 분노에 휩싸였다.

　"이주라니 무슨 말이에요?"

　"네? 그쪽은 이주자가 아니에요?"

　미래의 옆방에 갇혀 있던 사람은 본인을 강인혁이라고 소개했다. 식스플레이스를 초창기 때부터 이용했던 열렬한 지지자이자 고인물이었던 인혁은 애니마에서 마약을 경험할 수 있다는 이야기에 환호성까지 질렀었다고 했다. 왜냐하면 그건 다시 말해 가상공간이 한 발자국 더 현실에 가까워졌다는 뜻이니까. 마약에 손을 댄 것은 물론, 심하게 중독되었다. 초반에는 마약을 하더라도 현실로 돌아가는 데 문제가 없었다. 하지만 마약이 주는 쾌감은 현실에서 느낄 수 없었던 종류의 것이었고 결국 현실을 포기하는 쪽을 선택했다.

"현실에서 저는 진짜 거지 같았거든요. 여기서는 언제나 행복한 것들만 볼 수 있고 느낄 수 있으니까. 그런데 갑자기 이곳에서 영원히 살 수 있게 해 준다고 하니까. 그때는 정신이 돌아 버렸던 거 같아요. 근데 이런 부작용이 있을 줄은……."

"부작용이요?"

"저랑 같은 기수에 이주한 사람들은 이곳에서 어떤 감각도 느끼지 못해요. 회사에서는 앞으로 지속적으로 업데이트해 주겠다고 하지만……."

인혁은 울기 시작했다. 현실에서 자신은 이미 죽은 사람이었다. 육체도 전부 태워졌을 터였다. 돌아가고 싶은데 돌아갈 수 없었다. 그렇다고 여기서 영생을 산다는 것도 끔찍한 일이었다.

"괜찮아요?"

"하나도 안 괜찮아요!"

인혁의 큰 목소리가 지하 전체를 울리듯 메아리쳤다. 미래는 괜히 힘이 빠져 철창에 등을 기댄 채 그대로 주저앉았다. 어쩌면 자신도 여기서 접속 종료를 하지 못해 죽음에 이를지도 모르는 일이었다. 운이 좋게 살아난다고 해도 더 이상 이곳, 식스플레이스를 파헤칠 힘이 없었다. 인혁이 훌쩍거리는 소리가 더 기운이 빠지게 만들었다. 미래는 인혁에게 뭐라도 말하게 해야겠다고 생각했다.

"여기는 근데 인혁 씨와 저뿐인가요?"

"원래 한 명 더 있었는데 도망쳤어요."

미래는 순간 인혁이 지금까지 했던 말들의 앞뒤가 맞아떨어지는 것을 느꼈다. 헤드기어를 통해 뇌의 데이터를 전부 서버에 업로드. 육체는 죽었지만 가상공간에서 살아 있는 이주자. 유령.

"같이 이주했다는 사람, 이름이 준이에요?"

"어? 준이 형 아세요?"

너무 간단하게 끌려 나온 정답에 미래는 헛웃음이 나왔다. 절망적이던 상황이 한순간 희망의 실마리로 변했다. 그래, 해준은 가상공간에 있다.

"혹시 어디 간다거나 그런 말 들은 적 없어요?"

"글쎄요, 간다고 해도. 어차피 식스플레이스 안이겠지만. 그거 뭐더라. 사람과 사람 간에 주고받는?"

"캐치볼이요?"

"캐치볼이 갑자기 왜 나와요? 아, 그거 단어가 뭐더라."

인혁은 방금 전까지 훌쩍거리던 것도 잊고 끙끙거리며 생각나지 않는 단어를 떠올리기 위해 안간힘을 썼다. 그러고는 곧 "아 맞다!" 하고 시원하게 소리쳤다.

"교감이요, 교감!"

"교감?"

"네, 교감을 할 거라고. 계속 기다릴 거라고 했어요."

인혁의 말이 끝나자마자 거대한 폭발음이 지하 감옥을 휩쓸었다. 무슨 일이 일어난 건지 확인하기도 전에 자리에 쓰러져 있던 미래의 얼굴 위로 한쪽 면이 부서진 스피커 한 대가 날아들었다.

"다소 과격한 방법이었네요. 이만큼 화력이 나올 줄은 몰랐습니다. 어서 도망가요!"

"753!"

미래는 자신도 모르게 손을 뻗어 753을 끌어안았다. 753

은 스피커의 깨진 부분이 미래를 찌를까 봐 몸을 살짝 옆으로 틀었다. 미래는 753을 놓아주고 옆방으로 향했다. 인혁은 구석에 쪼그려 앉은 채 얼굴을 무릎 사이에 파묻고 있었다.

"도망가요! 기회잖아요?"

미래의 들뜬 말에 인혁은 찬물을 끼얹었다.

"도망가 봤자예요. 정기 업데이트 때 도망친 이주자의 데이터도 삭제한다고 했으니까."

"삭제?"

"참고로 현실 시간으로는 1시간 정도 남았어요. 오늘이거든요. 정기 업데이트."

미래는 인혁의 말을 듣고는 고맙다는 말과 함께 계단으로 달려 나갔다. 인혁은 미래가 달려가는 동안에도 고개를 파묻은 채였다.

"전쟁을 하고 있는 운동장에서 폭약을 훔쳐 왔다고?"

"네, 스피커가 구체여서 머리에 이고 오는 게 꽤 힘들었지만요."

753이 빙글빙글 돌면서 말했다. 미래는 자신도 모르게 피식 웃었다. 지하 1층을 돌파해 다시 수영장으로 올라왔을 때 미래와 753은 가드들이 전부 자신들을 막기 위해 자리를 잡고 있는 모습을 보게 되었다.

"753, 운동장을 검색할 수 있는 장소는 정해져 있어? 여기서 검색은 안 되는 거야?"

"운동장 밖에서 운동장 안으로 들어오는 것은 상관없지만 운동장 안에서 다른 운동장으로의 이동은 불가능합니다. 적어도 저기 보이는 출입구까지는 가야 해요!"

그렇군. 미래가 고개를 끄덕였다. 수십 명의 가드들이 진을 치고 있는 수영장 한쪽 구석에 밖으로 통하는 출입구가 보였다.

"753, 잘 들어. 이 수영장에서 빠져나가는 대로 '교감'이라는 활동을 하고 있는 운동장을 찾아서 날 보내 줘."

"확인했습니다."

미래의 눈이 비장한 눈빛을 내뿜고 있었다. 곧 달리기가 시작되었다. 미래는 빠르게 달려가 레인 안으로 다이빙을 했고 가드들 중 몇은 그런 미래를 잡기 위해 물속으로 뛰어들었다. 그런 한편 753은 공중으로 솟구쳐 가드들의 머리 위를 빠르게 날아다녔다.

미래는 물속에서 빠져나와 필사적으로 가드들 사이를 헤집고 다녔다. 출입구가 점점 가까워져 오고 753도 타이밍에 맞춰 출입구를 향해 날아들고 있었다. 미래의 발목을 노린 가드의 태클이 들어왔지만 가드의 손에는 발목이 아닌 신발이 쥐어졌다. 신발이 벗겨지면서 넘어진 미래가 서둘러 일어나 출입구를 향해 몸을 던졌다.

"753, 지금이야!"

미래의 외침에 753의 LED램프가 색색깔로 점멸하기 시작했다.

"활성화된 운동장 중 '교감' 활동 중인 운동장 한 곳 발견! 이동하시겠습니까?"

"부탁해!"

곧 수영장에는 아직 물에 빠져 있는 가드들과 바닥에 넘어져 있는 가드들 그리고 멍하니 서 있는 가드들만 남게 되었다.

미래와 753은 녹색 철창이 둘러져 있는 교문 앞에 서 있었다. 물에 젖은 미래의 옷가지들에서 물방울이 뚝뚝 떨어졌다. 미래는 숨을 크게 헐떡였다. 그리고 눈앞에 있는 장소를 기억해 냈다. 운동장에는 잔디가 깔려 있었고 다른 한쪽에는 우레탄 바닥의 농구장이 있는.

"제대로 왔나요?"

"응. 제대로 찾아왔어."

미래는 "가자." 하고 말했지만 753은 움직이지 않았다.

"왜 그래?"

"아무래도 저는 여기까지인가 봐요."

"뭐?"

753의 LED 램프가 더딘 속도로 점멸했다.

"서두르세요. 아무래도 제가 이곳에 온 걸 들킨 모양이에요. 움직이는 것이 약해졌습니다. 최대한 방해를 해서 회사 사람들이 이 공간에 접속하는 걸 혼란시켜 보겠습니다."

"하지만……."

"한 가지 궁금한 게 있습니다."

미래는 스피커를 안아 들었다. 미래의 품에서 753은 눈을 깜빡이는 것처럼 아주 천천히 점멸하고 있었다.

"제가 몸이 있었다면, 그래서 준 씨와 캐치볼을 했다면, 준 씨는 위로를 얻으셨을까요? 저는 몸이 없는데. 그래서 존재하지 않는데. 그런데도 사람들에게 즐거움과 위로를 충분히 줄 수 있었을까요? 이 공간은 사람들에게 결국 피해만 주는 공간은 아니었을까요? 저는 그런 공간을 위해 일한 것은 아닐까요? 저는 사람들에게 위해를 가한 것이 아닐까요?"

753은 하나라도 더 많이 질문하겠다는 듯 빠르게 말했다. 숨이 가쁘게 느껴질 정도였다.

"다른 사람들이 즐거움과 위로를 느끼든 말든 무슨 상관이야. 너는 존재해. 지금 내 품에 이렇게 존재하고 스피커가 없더라도. 너는 존재해. 다른 사람들이 널 어떻게 생각하느냐보다 네가 존재했고 생각을 했고 기억을 했다는 게 나한테는 더 중요해. 너로 인해 누군가 피해를 입었더라도 그건 네 잘못이 아니야. 이건 명확해."

753은 미래의 말에 처음으로 웃는 소리를 냈다. 하— 하— 하— 하는, 조금은 기계적인 웃음이었지만 753이 할 수 있는 가장 큰 만족의 표시였다.

"그리고."

미래는 753을 바라봤다. 램프를 바라보고 있었지만 753은 그녀가 자신의 눈을 보고 있다는 걸 알 수 있었다.

"나한테 왜 해준이를 찾는지 물어봐 줘서 고마워. 네가 지금까지 했던 모든 질문들이 고마워. 그게 나에게 정말 많은 즐거움과 위로를 줬어."

미래의 말에 753은 이상한 기분을 느꼈다. 몸이 있었다면 눈물을 흘렸을 텐데. 그러지 못하는 게 아쉬웠다.

"이제 어서 가 보세요. 저는 최대한 그 금테 안경을 방해해 보겠습니다."

미래는 고개를 끄덕였다. 미래가 운동장으로 향했고 753은 미래의 뒷모습을 한참 눈에 담았다. 데이터가 삭제되더라도 절대 잊지 않으려고. 가능한지는 모르겠지만 753이라는

표국청

존재가 사라져도 '나'로서 미래를 기억하기 위해서. 753의 LED램프 속 빛이 사그라들었다.

교문 안으로 들어가 운동장을 가로지르자 멀리 벤치에 앉아 있는 한 아바타가 보였다. 흰 티에 청바지. 753에게 들었던 옷차림이었다. 그리고 그 아바타의 얼굴은 장례식장에서 보았던 해준의 얼굴 그대로였다. 눈 밑이 뜨거워지는 것을 느끼고는 주먹을 꽉 쥐었다. 미래는 너무 서두르지 않고 한 걸음씩 똑바로 해준에게 걸어갔다. 그리고 그 옆에 앉았다. 해준은 미래를 보고 빙그레 웃었다. 그 미소를 보고 미래는 해준이 이렇게 웃는 아이였다는 사실을 떠올렸다. 하고 싶은 말들이 너무 많아서 어지러웠다. 왜 그런 선택을 했는지, 왜 좀 더 적극적으로 자신의 상태를 알리지 않았는지, 그래서 남은 사람들이 얼마나 힘들어할지 생각은 안 해 봤는지. 묻고 싶었다. 너무 미안하다고 사과하고 싶었고 너를 잃고 많이 힘들었고 아팠다고 말하고 싶었다.

"캐치볼 할까?"

하지만 가장 먼저 입 밖으로 나온 말은 이것이었다. 해준은 고개를 끄덕였다.

둘은 운동장 한쪽에 자리를 잡고 공을 주고받았다. 처음에는 상대방의 글러브에 맞춰 정확하게 던지던 공이 어느새

힘이 실리기 시작했다. 공이 글러브와 만나면서 생기는 팡-
팡- 하는 소리만 운동장에 울렸다.

"기억나? 우리 중학교 때, 매일 점심시간마다 캐치볼 했
잖아."

"응. 기억해."

"나는 그때가 좋았던 거 같아. 운동장에 있는 다른 애들 목
소리나 이상한 비명 같은 것들도 너랑 캐치볼을 하다 보면
하나도 안 들렸거든."

"땀이 났는데도 전혀 신경 쓰이지 않았잖아."

"맞아. 서로 한 마디도 안 했는데 눈만 보고도 무슨 말이
하고 싶은지, 오늘 기분이 어떤지 다 알 것 같았어."

순간 미래가 던진 공이 해준의 글러브 한가운데를 때렸
다. 제대로 잡지 못해 손바닥이 저릿함 감각이 미래에게까지
느껴졌지만 해준은 아무런 내색도 하지 않았다. 미래는 인혁
에게 들었던 어떤 감각도 느껴지지 않는다는 말을 떠올렸다.

"너 손⋯⋯."

미래가 해준의 상태에 대해 말하려 했지만 해준은 곧바로
공을 되던졌다.

"나 요새 너무 힘들었거든. 사람들한테 배신도 많이 당하
고. 뭐 내가 못나서 그런 것도 있겠지만. 근데 그렇게 힘들었

던 어떤 하루에 갑자기 미래 네가 생각나더라. 돌이켜 보면 그냥 캐치볼이었을 뿐인데. 그 정도로 순수한 교감은 이제 할 수 없겠구나 싶었어."

"해준아……."

"밖은 고통스럽잖아. 서로 무시하고 진심을 들으려고 하지도 않고. 진심을 말해도 자기 마음대로만 듣지. 그래서 너무 외로웠어. 너무."

미래가 다시 공을 던졌을 때, 해준이 공을 떨어뜨렸다. 아니, 해준의 아바타를 공이 지나쳤다.

"해준아!"

당황한 미래가 해준이 있는 곳으로 달려갔다. 멀리서 보았을 때는 몰랐지만 해준의 몸은 어느새 조금 반투명해져 있었다. 금방이라도 애초에 없었던 것처럼 사라져 버릴 것만 같았다.

"해준아…… 미안해. 전화 못 받아서 미안해. 캐치볼 같이 하지 못해서 미안해."

미래가 해준을 끌어안았다.

"네가 캐치볼 하자고 했던 말이, 나 지금 괜찮지 않다는 말이었다는 거, 알아주지 못해서 미안해. 네 말을 조금 더 들어주지 못해서 미안해!"

미래는 얼굴이 망가지는 것도 모른 채 울었다. 그리고 그를 안고 있는 손에 더 힘을 주었다. 언젠가의 포옹이 자신을 살려 낸 것처럼 이 포옹의 따뜻함이 그에게 느껴지길 간절히 원했다.

가능하다면 해준을 아바타인 채로 이곳에 영원히 두고 싶었다. 외롭지 않게 매일 찾아와서 캐치볼을 해 주고 싶었다. 해준의 어머니도 모시고 오고 753도 함께. 하지만 그렇게 하는 것이 해준으로서 더 괴로운 일이라는 걸 미래는 알고 있었다. 엉엉 우는 미래를 내려다보던 해준이 웃음을 터뜨렸다.

"진짜 못생겼네, 서미래."

해준의 그 목소리에는 중학교 시절의 장난스러움이 묻어 있었다. 해준과 친해졌던 이유, 캐치볼을 했던 이유 그런 건 사실 없었다. 당연한 일이었다. 그냥 순수했던 그 시절에 서로가 교감할 수 있었던 친구. 하지만 돌이켜 보면 가장 소중했던 친구. 다시 구할 수 없는. 미래는 더 말하고 싶은 감정을 모두 쏟아내고 싶었지만, 어떤 언어적인 부분이 망가진 것처럼 아무 말도 하지 못했다. 그저 우는 눈으로 해준을 바라보았다. 해준이 미소 짓고는 작게 말했다.

"고마워. 충분해."

그 말을 끝으로 미래의 식스플레이스 접속이 종료되었다. 미래의 눈앞에 덕봉이 있었다. 헤드기어를 손에 쥔 채 숨을 헐떡이는 덕봉이.

*

안녕하세요, 미래 씨! 아니, 이제 미래라고 불러도 될까요? 이 메시지를 받았다면 무사히 식스플레이스에서 나왔겠네요!

우선 미래와 함께 즐거운 여정을 하면서 처음으로 솔라스의 밖을 경험하고 많은 생각을 하게 되었던 것에 대해 저는 정말 기쁘게 생각합니다. 미래에게 말하진 않았지만 저는 이번 정기 업데이트에서 삭제될 것이 정해진 목소리였어요. 마지막으로 누군가에게 도움이 되는 일을 했음에 감사합니다.

해준 씨와는 만났나요? 캐치볼을 하셨나요? 미안하다는 사과는 하셨나요? 그 뒷얘기를 듣지 못하는 것이 딱 한 가지 아쉬운 점이었습니다. 하지만 제가 봤던 미래라면 해준 씨와 좋은 이별을 했을 거라고 믿어요.

저번에 제가 죄책감에 대해 물어봤죠. 미래는 죄책감

이 해야 했던 것을 하지 않거나 못해서 생기는 감정이라고 했는데 만약 해야 했던 일을 하지 않거나 못하는 것이 그토록 괴로운 일이라면 저는 해야 하는 일을 꼭 해야겠다고 마음먹었습니다.

아래에는 이번 사건과 관련된, 금테 안경. 그러니까 식스플레이스의 대표인 천지륙 사장의 발언에 대한 녹음 파일과 영상 파일이 저장된 데이터베이스에 접근할 수 있는 링크가 있습니다. 식스플레이스의 손에 닿지 않는, 외부의 서버를 이용했기 때문에 미래가 꼭 사회에 이 일을 알려 줬으면 좋겠습니다.

사람들은 즐거움과 위로를 얻기 위해 저희들을 만들었고 거기에 그치지 않고 그렇게 만들어진 공간 안에 살기를 희망했을지도 모르겠습니다. 그런 사실을 봤을 때 어쩌면 현실은 제가 생각하는 것보다 더 힘들고 어려운 곳일지도 모르겠습니다.

솔직히 말하자면 이 문제에 대해서 저는 어떤 답을 내리는 것이 너무 어렵습니다. 하지만 한 가지, 자신의 신념을 위해 타인을 이용하는 사람에게서 그럴 수 있는 권력은 꼭 빼앗아 주시길 바라요.

그럼 이만. 저는 삭제될 것이지만(사실 이미 삭제되었지만) 언제나 당신과 함께하겠습니다.

753 드림

추신. 저도 미래에게서 즐거움과 위로를 받았어요.

*

충격적인 소식입니다. 국내 대형 메타버스 콘텐츠 구독 플랫폼인 〈식스플레이스〉를 운영하고 있는 식스플레이스의 대표 천지륙 씨가 살인 혐의로 검찰에 기소되었습니다. 이는 식스플레이스 내에 향정신성 마약을 유통하는 공간이 숨겨져 있다는 익명의 제보로부터 시작되었는데요. 이런 마약의 유통이 단지 금전적 이익을 취하기 위함이 아닌, 사람을 컴퓨터 안에 업로드 하는 실험을 위해 활용되었다는 것이 밝혀져 사회적으로 큰 파장을 일으키고 있습니다. 관련한 천 씨의 발언과 행동이 담긴 증거 자료도 이미 확보된 상태로 알려졌습니다. 천 씨는 사람들을 위한 일이었다고 말하며 혐의를 부정하고 있습니다. 이에 대해 최근 늘어났던 '가이사' 사례들에 대한 전수조사가 진행될 예정입니다.

*

    노포 식당의 천장에 달린 에어컨 송풍구가 굳게 닫혀 있었다. 아직 조금 더운 것 같은데 조금만 틀면 안 되냐고 미래가 물었지만 덕봉은 고개를 가로저었다.

"미쳤네. 이제 식스플레이스 못 하는 거야?"

"그게 문제냐. 헤드기어도 제지될 판인데 뭐."

"아니 그러면 어디서 스트레스 풀고 어디서 노냐고. 미친."

    직장인들은 오늘도 뉴스에 말들을 얹고 있었다. 미래가 카운터에 서서 보내는 얼른 나가라는 눈치는 두 사람에게 전혀 먹히지 않았다. 미래로서는 느릿느릿 부채질을 하며 두 사람이 얼른 나가서 테이블을 정리할 수 있기를 바라는 수밖에 없었다.

"다 처먹었으면 얼른 나가!"

    덕봉의 목소리에 미래는 또 한번 몸이 굳어 버렸다. 테이블에 앉아 있던 직장인 둘도 마찬가지였다. 덕봉은 여전히 건강했다. 두 사람은 "다시 오나 봐라." 같은 삼류 악당이나 할 법한 대사를 하면서 식당 밖으로 나갔다.

"기다리면 되는데 왜 내쫓고 그러세요."

"너 작업할 시간도 없는데 얼른 끝내고 가 봐야 될 거 아녀."

덕봉은 테이블은 자신이 치우겠다며 미래에게 어서 퇴근하라고 재촉했다. 미래는 어쩔 수 없다는 듯 웃으며 앞치마를 벗었다.

"오늘 저녁에 음식 싸 들고 갈 테니까 인스턴트 같은 거 먹지 말고 기다려!"

문밖을 나서는 미래에게 덕봉이 소리쳤다. 미래는 굳이 대답하지 않았지만 저녁에 덕봉을 기다릴 것이다.

미래는 취업 준비를 그만두었다. 더 정확하게 말하자면 개인 프로젝트를 시작했다. 사람들과 주고받는 대화가 가능한 대화형 초인공지능을 만들기 위한 프로젝트. 프로젝트명은 '753 프로젝트'였다.

| 작가의 말 |

삶이 쉽지 않다는 생각이 들 때면 '나 지금 힘들구나' 하고 넘어가고 싶다가도 자꾸만 '사는 게 쉬운 사람이 어디 있을까' 하는 생각을 하게 된다. 그러고는 '누구는 얼마가 있다던데 좀 괜찮지 않을까'라던가, '저 사람은 모두가 응원하는 삶을 사는 데 좋지 않을까' 하는 부질없는 생각의 늪에 빠져든다.「목소리와 캐치볼」을 떠올린 날에도 그런 생각을 한참하고 있었다.

세상에 사는 게 쉬운 사람은 없다는 결론을 멋대로 내렸다. 생각은 다시 '그럼 다들 그 힘듦을 어떻게 다루지?' 하는 질문으로 바뀌었다. 물론 친구들을 만나 힘들다는 신세 한탄은 자주 하지만, 그 괴로움을 해소할 만큼의 무언가가 충분히 이루어지고 있는지는 의문이었다.

처음에는 현실에서의 고통을 해소하기 위해 가상공간의

AI를 악용하는 악한 사람들과 그런 AI를 돕는 주인공의 이야기를 쓰려고 했으나 팔은 안으로 굽는다고, 그 악한 사람들이 과연 악한 사람들인가에 대해 생각하게 되었다.

힘들다고 얘기할 곳이 없는, 자신의 힘듦을 알아줄 사람이 부족한 사람들의 이야기를 쓰고 싶어졌다. 그 결괏값으로 이 소설이 충분한지는 미지수다. 다만, 누군가에게 짧은 포옹 같은 글이 될 수 있다면 기쁠 것 같다.